日本橋恋ぞうし(二)

瑠璃の脇差

馳月基矢

目次

主な登場人物

おるう

武家の三津瀬《みつせ》家出身で、身分を偽って佐久良屋に嫁ぐ。店でおかみとして慣れない仕事に奮闘している。小太刀術に優れていて、物怖じしない実直な性格。

燕七《えんしち》

骨董商佐久良《さくら》屋の主《あるじ》。骨董品の目利きに優れ、色白で端整な顔立ちをしている。気の利く性格だが、妻のおるうに対しては遠慮がちに接する。

◆ 柳造《りゅうぞう》　燕七の腹違いの弟で、主に刀の仕入れを担っている。燕七とは折り合いが悪く、近頃は機嫌の悪い日が多い。

◆ おもん　燕七の義母であり、柳造の実母。佐久良屋の先代おかみとして、おるうにおかみのいろはを教える。

◆ おすみ　おるうの嫁入りの際に三津瀬家からともにきた唯一の女中。おるうの五つ年上で、頼りになる存在。

◆ 嶋吉《しまきち》　佐久良屋に奉公する手代。さっぱりとした性格で、窮地を助けてくれたおるうを慕っている。

イラスト／立原圭子

序

瑠璃色《るりいろ》の羽を持つ小鳥が、伸びやかに空を舞う。

何と可憐《かれん》で、同時にまた、何と勇ましい姿だろう。


「かどわかしだ！　悪党め！　成敗してやる！」

幼い声が凛々《りり》しく響いた。真上から降ってきたのだ。燕七《えんしち》を捕らえた男が、びくりとして腕の力を緩める。

燕七は頭上を仰いだ。

青い着物をまとった、十二の燕七よりも幼い女の子が、大きく枝を広げた木の上から飛び下りてくる。ひらりと広がった青い袖《そで》が、羽ばたく小鳥の翼に見えた。

勇敢なる小鳥の乙女。

まるで天から舞い降りてきたかのようだった。

「ええい！」

女の子が小太刀形の木刀を振るって悪党の腕を打つ。自分よりはるかに体の大きな相手にも、一切、怯《ひる》みはしない。打たれた悪党は苦悶《くもん》の声を上げ、燕七を手放した。

燕七はよろよろと後ずさり、尻《しり》もちをついた。へたり込んだ格好のまま、ひらりひらりと舞って戦う女の子の勇姿に見入っていた。

誰も助けになど来てくれない、きっと殺されてしまうのだと震えていた心が、熱くなっていく。

女の子が一人で戦っていたのは、わずかな間だけだった。

あの凛々しい声を聞いた大人たちが次々と駆けつけ、女の子の助太刀に入ったのだ。燕七は助け起こされ、悪党どもはたちまち打ち据えられて捕縛された。

ひとけのない路地で、大店《おおだな》の息子がかどわかされそうになった。江戸《えど》ではよくあることだろう。まさか自分の身に起こるとは思っていなかったが。

燕七と付き人たちは擦り傷やあざをこしらえただけで無事だった。燕七を助けに入ってくれた女の子とはあの場で引き離されてしまったが、怪我ひとつなかったそうだ。後になってそれを聞かされ、燕七はほっとした。

捕らえられた悪党どもについて、近くの自身番を拠《よ》りどころにして、さっそく探索がおこなわれた。

燕七も探索に力を貸すべく、町奉行所の同心から問われたことにきちんと答えた。知らない大人と話すのは苦手だったが、あの勇敢な女の子のことを思うと、腹の底から力が湧いた。

とはいえ、やはりくたびれ果ててしまったらしい。燕七はその晩熱を出し、翌日は布団から起きられなかった。

浅い夢の中に、あの女の子が現れた。女の子は、鮮やかな青色の長い袖を翻して戦っていた。と思うと、くるりと振り向いて微笑んでくれた。小鳥のように、軽やかに空を飛んでみせたりもした。

夢の中でも飛べない燕七は、ひょろりとして弱っちい体を精いっぱい動かして、女の子を追いかけた。あなたの名を教えてほしいと乞《こ》うた。あなたと話してみたいと望んだ。

胸が熱くときめいていた。こういうのは、書物で読んだことがある。これこそがきっと、恋というものだ。

燕七が夢から醒《さ》めたとき、部屋には父がいた。燕七が集めた巻子本に読みふけっていたのだ。子供のようなところのある父である。

身じろぎすると、父はようやく燕七に気づいた。そして、いかにも楽しそうににやにやした。

「おお、目を覚ましたか。熱も下がったようだな。うわごとを言っていたぞ。そんなにあのお嬢さんのことを知りたいか？　ん？」

からかい好きな父に苛立《いらだ》ってしまうことはあっても、思いっきりぶん殴ってやりたいと心から望んだのは、さすがに初めてだった。

燕七の初恋は、あの人のことが好きだと自覚したのとほぼ同時に、あろうことか、恋多き色男と江戸で評判の父、絢十郎《けんじゅうろう》に知られてしまったのだった。

＊

燕七は、骨董商《こっとう》佐久良屋《さくらや》の主《あるじ》である絢十郎の長男として世に生を受けた。父も母も系譜をたどれば、江戸開闢《かいびゃく》以来ずっと日本橋界隈《にほんばしかいわい》で商いをして暮らしていたという。

すなわち、生粋《きっすい》の江戸者であり、根っからの町人である。

であるにもかかわらず、九つの頃から剣術道場に通わされることとなった。このあたりを縄張りとする町奉行所の廻《まわ》り方同心の旦那《だんな》からも特別な許しを得てのことだった。

なぜ商家の息子が剣術道場にやらされたのか。

それは佐久良屋が武家と付き合いのある店で、骨董品として刀を扱ってもいるためだった。燕七が三つだった頃には、当時の番頭が不用意に刀にさわってひどい怪我をする、という出来事も起こっていた。

「刀を扱うに、まったくの素人ではいかんな。うちの息子たちには、ひととおり、刀の扱い方を身につけさせておきたい。目利きや手入れの仕方だけでなく、その振るい方も知っておいたほうがよいかもしれん」

絢十郎がそう言いだしたのを、古馴染《ふるなじ》みである八丁堀《はっちょうぼり》の剣術道場の主がおもしろがった。

「ならば、うちに通わせるがいい。商人の子供に教えるのは初めてだが、まあ、差し支えあるまい。幼い年頃の子供、特に男児というのは、武家も町人もなく、入り交じって合戦ごっこに興じておるものよ」

それでも一応、身分の差をわきまえておかねばということで、佐久良屋の兄弟が教わるのは小太刀術のみと決まった。

刃長二尺三寸（約七十センチメートル）ほどの、いわゆる常寸の刀を差してよいのは武士だけだ。小太刀術とは、それより短い脇差《わきざし》を扱う剣術であり、短刀や脇差であれば町人でも所持が認められる。

そんなわけで燕七は八丁堀の剣術道場に通う運びとなったのだが、これが苦痛で仕方がなかった。もともと燕七は部屋にこもって書物に没頭するのが好きなたちで、体を動かすのは苦手だったのだ。荒っぽい武家の子たちも恐ろしかった。

その点、腹違いの弟である柳造《りゅうぞう》は道場に馴染《なじ》み、友達もできて楽しそうだった。しかも、調子に乗って燕七を道場まで引っ張っていったりなどするのだ。余計なお世話だった。柳造もそのまわりの連中もとにかく乱暴で、燕七は嫌いだった。

結局、燕七は八丁堀の道場を一年足らずで辞めてしまった。柳造は何の問題もなくそのまま通い続けていたが、燕七だけ別のところで世話になることが決まったのだ。内神田《うちかんだ》の町人地と小川町《おがわちまち》の境にある冬野《ふゆの》さまのお屋敷である。

新しいお師匠さまは、優しそうな笑顔のお婆さんだった。みちる先生という。物腰が柔らかくて品のいい人だ。お師匠さまの稽古《けいこ》は、燕七と同じ年頃の門下生と一緒のこともあれば、燕七ひとりのこともあった。

確かに八丁堀の道場よりはましだった。それでもやっぱり、燕七は木刀を振るっての稽古が好きではなかった。

体を動かすのは楽しいことだとお師匠さまはおっしゃるが、燕七がそんなふうに感じたためしは一度もなかった。手習いと違って、まったくもって上達できないから、苛立つばかりだ。稽古に身が入ろうはずもない。

それが一転したのが、かどわかしに遭いかけたあの日だった。

戦う人は美しい。初めてそう思った。

この人のことをもっと知りたい、と思う相手が現れたのも初めてだ。

お師匠さまに問えば、自慢の教え子なのよ、と嬉《うれ》しそうに教えてくれた。青い着物をまとった女の子は、三津瀬《みつせ》家という御旗本の長女だという。名は美鳥《みどり》。

「美鳥さま……」

可憐《かれん》で勇敢な小鳥のようなあの人にぴったりの名だ。

美鳥は燕七より三つ年下の九つだが、小太刀術はかなりの腕前だ。立ち合いの稽古となると、自分より一尺（約三十センチメートル）も背の高い相手からも一本取ってしまう。無鉄砲なほどに度胸があるのは、かどわかし退治の件からもよくわかる。

「美鳥さまにお礼を申し上げたい」

燕七の胸に、おのずと芽生えた思いだった。

冬野家へ稽古に通っていれば美鳥と再び会えるかといえば、それはかなわなかった。かどわかしの悪党にはほかに仲間がいたため、報復の恐れがあった。だから美鳥はしばらくの間、番町《ばんちょう》の屋敷から外に出てはならないと言い渡されたらしいのだ。

「お会いできなくても、何かお礼をできたら……そうだ、刀をお贈りするのはどうだろう?」

はたと思いついたことだ。

小太刀術で使う木刀は、刃長一尺半(約四十五センチメートル)ほど。その寸法は、本身の刀剣では脇差と呼ばれるものだ。

おなごへの贈り物としては、簪《かんざし》や手鏡、反物や帯などが無難かもしれない。だが、美鳥さまは簪よりも脇差を喜んでくださるのではないか、と思った。それに、脇差ならば小間物や着物と違って、齢《よわい》を重ねてもずっと持ち続けられるはずだ。

燕七は三日三晩考えた。この思いつきが正しいかどうか、自分なりにあれこれ吟味してみた。それからようやく腹を括《くく》って、父に相談した。

「三津瀬さまのご長女、美鳥さまに、お礼の気持ちを込めて、脇差を一振あつらえてお贈りしたいのです。ですから、お力添えをお願いします」

父は、おもしろがる顔をした。余裕しゃくしゃくの笑みが憎たらしい。町
息子の目から見ても父は確かに男前だし、燕七と違っておしゃべりがうまい。とにかく何もかもにお
場育ちの常で威勢はいいが、柳造みたいな乱暴者ではない。とにかく何もかもにおいて、いい塩梅《あんばい》なのだ。やたらと女に持てるのも道理だった。

燕七は父に相談しながら、顔から火を噴きそうだった。助けていただいた。だから礼をする。ごく当たり前のことをしたいと言っているだけなのに、なぜこうも恥ずかしいのか。

父はきらめく目をして燕七の顔をのぞき込み、にやりと笑って答えた。

「よし、力になろう。当代随一の刀鍛冶《かたなかじ》に注文し、これまた当代随一の鞘師《さやし》と相談して拵《こしらえ》の文様を決め、またとない最高の一振を仕上げるんだ。そのやり方をおまえに教えてやる。ただし、金の工面はしてやらんぞ」

「えっ、でも……」

いくら裕福な商家の子とはいえ、十二の燕七が貯めている金など、たかが知れている。本を買うためにたびたび使ってもいる。刀をあつらえるのにいくらかかるかわからないが、きっと到底足りない。

父は燕七の胸をつついた。

「親子の間だからと甘ったれてもらっては困るな。これを機に、おまえには一つ、大きな約束をしてもらう。丁稚《でっち》の小僧と同じやり方を採ろうじゃないか」

「丁稚の小僧？」

佐久良屋では、燕七と同じ年頃の男の子が幾人か住み込みで働いている。丁稚奉公の小僧で、田舎の親元を離れて江戸へ出てきて、年上のお店者《たなもの》たちに仕事を教わっているのだ。

「小僧を預かるとき、五両の金を親に払う。五両は約束の証《あかし》だ。小僧が一人前のお店者になれるよう、うちの店でしっかりと育てますという約束だな。そしてまた、小僧が一人前になるまでの数年ぶんの働きを、その五両で買ったという約束でもある」

「五両で、一人前になるまでの働きを買う」

父の言葉をくり返しながら、五両というお金の重みを考えた。燕七は商いのやり方を知らない子供だ。こんな子供が五両ぶん働くためには、何年もかかってしまう。それほどの値打ちが、五両にはあるのだ。

「つまり、今は父さんに脇差のお代を立て替えてもらって、そのぶんを働いて返す。

全部返せるまでちゃんと働く、ということ？」

　脇差を一振あつらえるのに、五両で足りるのだろうか。もっとかかってしまうかもしれない。そうすると、十年も十五年も働かなくてはならないかもしれない。

　それでもいい、と燕七は思った。どれほど苦労してもいい。何としても美鳥さまに脇差を贈りたいのだ。

　父は、燕七が心を決めたのを正しく見て取ったらしい。満足げにうなずいた。

「呑《の》み込みが早くて助かるよ。このやり方でどうだ？」

「かまいません」

　これで、勇敢なる小鳥の乙女にお礼ができる。脇差を贈ることができるのだ。

　父の口車に乗せられたかもしれないと、ちらりと思った。その頃の燕七は、佐久良屋の主《あるじ》より学者か戯作者《げさくしゃ》になりたいと考えていたのだ。だが、脇差の約束をしたために、そちらの道を閉ざされてしまった。

　いや、それでもいい、と燕七は思い直した。自分で選んだのだ。悔いなど一つもあるものか。

「美鳥さまへ贈る脇差のために、ちゃんとやるんだ」

　燕七は、その日から変わった。人としゃべることも、店の品を覚えることも、父とともに商人の集まりに出ることも、厭《いと》わなくなった。むろん、小太刀術の稽古にもきちんと励むようになった。

格好が悪い弱虫のままではいられない。いつかあの勇敢で可憐な人と再び会えるときを思って、恥ずかしくない男になりたいと思った。

＊

あの日々から十年経った。

父と交わした年季奉公の約束は、およそ七年で支払いを終えた。

「よく頑張ったじゃないか。もっとかかるかと思っていたが、さすがは俺の息子ってところだな」

上機嫌で燕七を誉めた父は、大雑把なように見えて、種々の記録に関しては意外なほどに細かかった。脇差《わきざし》とその拵のお代と、燕七の稼ぎによる返済を書き留めた帳簿も、はしたまで実にきっちりとつけてあった。

その帳簿にはまた、日記のような文章も時おり差し挟まれていた。

親馬鹿というやつだ。父はわざわざ帳簿にまで、燕七を誉めちぎる文言を書き連ねていたのである。

息をするように人を誉め、口説き、励まして、いつの間にか自分の味方に取り込んでしまう。絢十郎は商いの付き合いや町衆とのつながりにおいてのみならず、息子に対してまで、そういう男だった。

燕七は毎朝、仏壇に手を合わせる。父が突然亡くなって一年余りになるが、いないからこそ、毎朝こうして思い出してしまう。籠絡《ろうらく》されてなるものか、と意地を張っていた頃もあった。

唐突な旅立ちだったから、やりかけて散らかした仕事ばかりが遺《のこ》されている。尻《しり》ぬぐいをさせられているようで、ほとほと嫌になったりもするが。

「父さんらしいといえば、実に父さんらしい」

もしも友として出会っていたなら、とてもじゃないが付き合えなかっただろう。親子だから関わるしかなかったし、それによって得たものは、よきにつけ悪しきにつけ、途方もなく大きい。

小僧のような年季奉公の約束を交わし、きちんと果たしたことは、それなりに親孝行になったはずだ。

仏間の外から女中頭のおふさが声を掛けてきた。

「若旦那《わかだんな》、朝餉《あさげ》の支度が整いました」

「わかった。すぐに行く」

新妻と差し向かいで食べる朝餉である。

父がつないでくれた縁だ。十二だった燕七ひとりでは、あの勇敢な女の子が三津瀬家の長女であることがわかったとしても、贈り物をすることや手紙を出すことはできなかった。

青い小鳥をあしらった拵の脇差を美鳥に贈ったとき、添えた手紙には一つの約束を記しておいた。

「勇敢なる小鳥の乙女よ、いつかあなたの前に困難が立ちはだかったときには、私に助けを求めてください。そのときは必ず私があなたの助けとなりましょう」

それに対する返事は、燕七のもとに届かなかった。あの脇差を喜んでくれたのかどうかもわからない。

かまうものか、と燕七は思った。むなしい片恋でもいい。あなたに拾ってもらった命なのだから、あなたのために捧《ささ》げようと、十二の頃に誓ったのだ。

三津瀬家が借金に苦しんでいると知ったとき、燕七はすぐさま援助を申し出た。

三津瀬家の当主は、年頃になった長女の嫁ぎ先探しにも苦労していたので、斬られる覚悟で燕七は口火を切った。

「美鳥さまを佐久良屋にいただけませんか。無礼は承知しております。ですが、手前もいきなり亡父の跡目を継ぐことになったものの、身を固めておらぬ半人前。何かにつけて難儀しているのです。もしも美鳥さまを手前に添わせていただけるならば、そのご恩に報いるべく、手前が生きている限り三津瀬さまにお仕えいたします。商人のやり方でお仕えいたしますゆえ、どうぞご一考ください」

結納金も花嫁道具も用意しなくてよい。美鳥が身ひとつで嫁いできてくれるなら、燕七にできることは何でもする。それが燕七の示した条件だった。さらに燕七は言葉を重ねた。

「かつて手前がかどわかしに遭いかけたのを美鳥さまに救っていただいたとき、父も同じことをお約束したはずです」

――三津瀬さまがお困りのときには必ずやお力になります。商人には商人のやり方がありますので、こういうご用のときはぜひとも頼っていただければ幸いです。

そう言って父は、三津瀬家にずしりと重い袱紗《ふくさ》を差し出したそうだ。父が自分の財布の中身について書き留めた帳簿に、その記録が残っていた。

三津瀬家のほうでは葛藤《かっとう》もあったようだが、結局のところ、婚姻をめぐる取り引きは成った。美鳥自身が、佐久良屋へ嫁ぐ道を選んだそうだ。

旗本の沽券《こけん》を守るため、美鳥は名を変え、素性を偽ることとなった。正直な気性の美鳥にはその嘘が苦しいときもあるようだが、少しずつ佐久良屋に馴染《なじ》んできてくれている。

おるうと名を改めた新妻は、昔かどわかしに遭いかけた弱虫の少年が燕七だとは、おそらく気づいていない。忘れてしまったのかもしれない。

それでも、燕七が贈った脇差を大切にしているのを、つい先日知った。朝餉の折に話してくれたのだ。

「瑠璃《るり》羽丸《はまる》と号した脇差が、わたくしの守り刀なのです。青い小鳥をあちこちにあしらった拵の脇差で、刀身もまた青みがかっているのが美しいのですよ」

おるうは、夢見るような目をして語ってくれた。凜々《りり》しく元気で、気性はまっすぐで、それでいて可憐《かれん》で照れ屋な愛らしい人だ。九つの頃の好ましい印象のまま大人になられたのだな、と燕七は思う。

「しかし、俺のほうは相変わらずです。どう接してよいのやら、いまひとつわからないままで、話をするのも下手で、おるうさまに気を遣わせてばかりです」

仏壇に向かって、ぼそりとつぶやいてみる。

おしゃべり上手な父は、端整な顔をいつも愛敬《あいきょう》たっぷりに微笑ませていて、人の懐に飛び込むのが得意だった。燕七の仏頂面を見れば、そんなにたやすいことで悩んでいるのか、と呆《あき》れて笑うことだろう。

「俺はあなたとは違うんですよ」

燕七はかぶりを振って仏壇の前を立ち、おるうの待つ部屋へ向かった。

第一話　初音の三味線

一

　南伝馬町《みなみでんまちよう》二丁目に店を構える銘茶問屋、吉村屋《よしむらや》の若旦那が燕七を訪ねてくることになったのは、初夏四月の初めのことだった。若旦那の名は荘助《そうすけ》という。

　燕七はいつになく嬉《うれ》しそうだ。

「荘助は手前にとって幼馴染《おさななじ》みで、いちばん気の置けない友なんですよ。家が近いだけでなく、同じ手習所に通っていましたし、話も合った。本の貸し借りをしたり、同じ部屋で書見にふけったりと、よく一緒に過ごしていたんです」

　おるうも燕七につられて頬を緩めた。

「わたくしも荘助どのとお会いしてみとうござりました。ようやくお招きできましたね」

「ええ、まったくです。目と鼻の先に住んでいるのに、お互い、こうも都合が嚙《か》み合わないとは」

燕七が苦笑を浮かべたのも道理だ。

吉村屋から茶を買ったり贈り物をし合ったりで奉公人の行き来はあったのに、花見の約束をした日には雨が降った。宴《うたげ》を開くはずだった晩は琵琶《びわ》の件でてんやわんやしていた。また別の日は荘助が風邪をひいた。そんなこんなで、茶会や宴の約束が日延べされ続けていたのだった。

おるうが佐久良屋の若き主《あるじ》、燕七のもとに嫁いだのは、文政六年（一八二三）正月半ばのことであったから、そろそろ三月になろうとしている。

日本橋南の通《とおり》二丁目にある佐久良屋は、骨董《こっとう》商としては江戸でも名の知れた大店《おおだな》だ。

店の間口は四間、奥行きも同じくらいあって、由緒のきちんとした古品の数々がきれいに並べられている。店は男衆が仕切っており、主である燕七を筆頭に、腹違いの弟の柳造、三人の番頭、合わせて十六人の手代と小僧が働いている。

店と奥の境には、客をもてなすための座敷がある。おるうを含め、女衆が出ているのはこの座敷までだ。

奥というのは、佐久良屋の主一家の暮らしの場だ。店と奥は鉤形《かぎがた》につながっており、おるうの住まいは奥から板張りの廊下でつながった離れだ。裏庭には蔵がある。奉公人は母屋の二階に住み込んでいる。

　この日、荘助を迎えた場も常のとおり、店と奥の間にある客間の座敷だった。

　おるうは燕七の隣で、丁寧に頭を下げた。

「お待ち申し上げておりました。お初にお目にかかります。るうと申します」

　顔を上げ、微笑んでみせる。

　優しげな面差しの荘助は、燕七より一つ年下の二十一。すべすべした肌の丸顔のためか、齢《よわい》よりも若く見える。

「初めまして、おるうさん。あたしが荘助です。やっとお会いできましたね。ごあいさつがこんなにも遅れてしまって、申し訳ありませんでした。佐久良屋での暮らしにも慣れてきましたか？」

「はい。戸惑うことはまだありますが、少しずつ馴染んでまいりました」

　座敷には、床の間と袋棚が造りつけられている。床の間に飾られている花は、おるうが生けたものだ。相変わらず姑《しゅうとめ》のおもんに口出しされながらではあるが、初めの頃よりはずっとましになっている。

　荘助はその花と背後の掛軸にちらりと目を走らせ、にっこりした。

「卯《う》の花を中心に、周囲には若々しい青葉を配するという組み合わせか。野の趣きがあって、とてもいい。こういうのも、おかみのおるうさんの仕事なんでしょう？」

「はい。恥ずかしながら、実家ではかように大きな鉢に花を生けたことがなかったもので、どうにも手際が悪いのですが」

「いやあ、きれいに生けてあると思いますよ。卯の花の白に青葉の緑だけというのが潔くて上品で、それでいてどこかお転婆で。生け花は、生けた人の在り方を映すものだ。好ましいひと鉢ですね」

「ありがとう存じます。姑からは、お転婆が過ぎると言われてしまいましたが」

「おもんおばさんは世話焼きですからね、どうしても口を出したいんでしょう。おるうさんにかまいたくて仕方ないんだ」

「さようでしょうか」

「さようですとも。だって、おもんおばさんは、本当に嫌いな相手は目の端にも入れたがらないんです。口を出す相手のことは、気に入ってるんですよ。とはいえ、ずばずばとした物言いをする人だから、あたしも昔は少しおっかなかったな。ねえ、燕七さん」

水を向けられた燕七が、何とも言えない表情をした。

「母さんはまあ、相変わらずだ。吉村屋のほうは？　荘助さんのお内儀は、おばさんとうまくやっているのか？」

「うちのことはご心配なく。おふくろもまた女傑だけど、妻のことは気に入っている。一緒に出掛けてくれるかわいい嫁が来た、娘ができたと言ってはしゃいで、あたしなんかそっちのけだよ」

「仲がいいのは何よりだ。奉公人たちもやりやすいだろう。吉村屋は、扱っている茶葉の質がよいのはもちろん、店に立つ者の人当たりが抜群によいというので評判だからな」

「お誉めの言葉をありがとう。それで、燕七さん自身は、近頃どうなんだい？」

「俺自身？」

荘助はいたずらっ子のような目をして、おるうににんまりと笑ってみせた。

「おるうさん、燕七さんという人は、思っていることや考えていることを言葉にするのが下手なんだ。そのせいもあるのか、厄介事に巻き込まれやすい。しかも、助けを求めるのも下手ときた。目を離しちゃいけない人なんだよ」

「なるほど。確かに、おっしゃるとおりにござります」

おるうは深くうなずいた。燕七が口下手なのも、厄介事を招きやすいのも、そばにいてみればよくわかる。おるう自身、燕七が真意を明らかにしてくれないことに腹を立て、きつい言葉をぶつけてしまったくらいだ。

燕七がしかめっ面になった。

「荘助さん、あまりおかしなことを吹き込まないでほしい。さっきの言い方では、俺が災厄を引き寄せる疫病神みたいじゃないか」

「疫病神ではないけれど、福の神でもないなあ。いずれにせよ、燕七さんは手習所でもいっとう目立っていたよね」

「そうか？　ほかの筆子とはあまり関わり合わずに過ごしていたと思うが」

「それでも目立っていたんだよ。おるうさん、聞いてくださいよ。よくできる子供ばかりが通う手習所の中でも、燕七さんはずば抜けていたんで、神童と呼ばれていたんです。あたしは鼻が高かった。こんなにすごいやつの一番の友達なんだぞ、とね」

「そう言う荘助さんこそ、本当に物覚えがよかった」

「あたしが覚えていたのは、巻子本の中身だけだよ。戯作者《げさくしゃ》になりたいと憧《あこが》れていたから、技を盗んでやろうという心づもりで、むさぼるように読んでいた。燕七さ

ん も同じだったじゃないか。戯作者になりたいと言っていた」

おるうは目をしばたたいた。

「戯作者？　お二人とも、黄表紙のような物語を書くことを仕事にしたいと望んでいらっしゃったのですか？」

「ええ。まあ、十かそこらの頃までですよ。ゆくゆくは店を背負っていくことになるんだって、だんだんわかってきたんで、戯作者の道をあきらめました。でも、おもしろい本を読むのは、今でも好きですよ」

「燕七さまのお部屋にも、本がたくさん揃っております」

「本だらけで、ごちゃごちゃに散らかってるんでしょう？」

「まったくもって、ごちゃごちゃでございます」

おるうの素直な言葉に、荘助は噴き出した。

「でもね、あの散らかりようが、何だか落ち着くんですよ。あたしもよく遊びに行ったものです。柳造さんよりもずっと、あたしのほうが燕七さんの弟みたいだった。柳造さんは、あたしたちとは別の手習所に通っていたしね」

「兄弟のような友でございますか。うらやましゅうございます」

「風邪やら水痘《すいとう》やら、流行《はや》り病にかかるときも、まずあたしと燕七さんが手習所から持って帰ってきて、柳造さんにうつしちまう。柳造さんは『てめえらのせいで俺まで熱が出た』なんて、あたしらを怒ったりなんかして、それがまたおっかなくてねえ」

　荘助は、柳造の真似をするときだけ、見事な巻き舌のべらんめえ口調を披露した。その声音が思いのほか似ていたので、おるうはつい笑ってしまった。

「柳造どのが怒鳴り散らす様子、目に浮かぶようです」

「でも、柳造さんには格好がいいところもあってね。気弱だったあたしが年上の荒っぽい子供らに呼び出されて、小銭を巻き上げられたことがありました。そしたら柳造さん、『気に食わねえ』って言って、その荒っぽい連中を同じ場所に呼び出したんです」

「小銭を取られてしまった、その場所に？」

「ええ。因縁の場所に呼び出して『てめえら、荘助の金を返せ』って。当然、素直に返してはもらえませんよ。柳造さんはそれも見越して武家の子を助っ人に連れていってたんで、もう壮絶な大喧嘩《おおげんか》が始まっちまって」

「まあ。それで、どうなったのです？」

「柳造さんの勝ちですよ。あざと傷だらけになって、得意満面で『荘助、取り返してきたぞ』ってね。柳造さんは、あたしや燕七さんの前じゃあ意地悪ばっかりなくせに、ほかの誰かがあたしたちに意地悪をするのが許せなかったらしくてね」

くすくすと笑う荘助の話を聞きながら、燕七の手は素早くも優雅に動いている。見事な手際で茶を点《た》てているのだ。黒い茶碗《ちゃわん》に鮮緑色の茶が映える。燕七は荘助にそれを振る舞った。

「銘茶問屋の若旦那《わかだんな》の目の前で茶を点てるというのも、なかなかに畏《おそ》れ多いことだな。お手柔らかに頼むぞ」

「何を言いだすやら。燕七さんのお点前《てまえ》には、いつも惚《ほ》れ惚《ぼ》れするよ。それに、この天目茶碗《てんもくぢゃわん》。実にいい品だ。つやつやと黒光りして、小さな青い星の模様がにじみ出ている。うちの茶をこんなに見事な茶碗で振る舞ってもらえるなんて、光栄だね」

茶碗のことに触れられた途端、燕七の舌が軽快に回り始めた。

「いい茶碗だろう？　気に入りの品なんだ。これは今から六百年ほど昔に、唐土《もろこし》は宋《そう》の国の天目山で焼かれた器だと思われる。天目山の窯は、当時世界で最も栄えていた臨安府《りんあんふ》の近くにあって、極めて優れた技で器を産していた。この美しい黒光りは、釉薬《ゆうやく》に鉄が多く含まれるために生みだされるという。ほかの地の焼き物には決して出せない色と模様なんだ」

荘助は肩をすくめた。

「ああ、燕七さんの茶碗講釈が始まってしまった。おるうさん、覚えておいてください ね。燕七さんは大事なことは言葉にしそこねるくせに、好きな本や骨董品《こっとうひん》のこととなると、いつまでもしゃべっている。特に唐土渡りの器の話は止まらない」

おるうは微笑んでみせた。

「存じております。前にも、宋の国の龍泉窯《りゅうせんよう》という窯で焼かれた青磁の茶碗のことをお聞かせくださりました」

「ああ、くすんだ翡翠《ひすいいろ》色の、蓮《はす》の花が浮き彫りにされた茶碗のことでしょう」

「まさしく。荘助どのも、茶器のことですから、もちろんご存じでござりましたね」

荘助はうなずくと、鋭いほどに洗練された所作で天目茶碗の茶を喫した。結構なお点前でございます、と型どおりの言葉を口にし、息をつく。

「まろやかな苦みが染みるね。しゃきっとするよ。このところ眠りが浅く、疲れが抜けずに体が重くて、まいっているところで」

荘助は、その福々しい顔つきのせいで、疲れが表に出にくいのだろう。言われて初めて、荘助の体の使い方が妙に重たげなのを、おるうは見て取った。

燕七は言われるまでもなく、荘助が弱っているのを察していたようだ。

「相談があって来たんだろう？　ここで話しづらいことなら、改めて一席設けるが」

「いや、ここで聞いてもらいたい。なるたけ明るいうちのほうがいい。夜になると……何と言うかな、とにかく、よくないんだ。ええと、その、気味の悪いものを持ち込んですまないが、骨董商の佐久良屋さんは慣れたものだろうから」

「なるほど。相談というのはやはり、それのことなんだな」

それ、と燕七が指差したのは、部屋の隅に置かれた漆塗りの大きな箱だ。奉公人に運ばせるでもなく、荘助自身が抱えてきたので、佐久良屋の者たちが慌てて手を貸して部屋に運び込んだ次第だった。

荘助は箱から目を背けながら、言い訳じみた口ぶりで白状した。

「中身は三味線だよ。ほら、あたしも去年の冬に妻を迎えたばかりなもんで、いい格好をしたいのさ。それで、妻が三味線をほしがってるのを知って、一丁、新たに作らせたというわけなんだが……」

燕七が三味線の箱のほうへ膝《ひざ》を進めた。荘助に目顔で確かめてから、箱の蓋《ふた》を開ける。手で触れないままざっと検分し、顎《あご》をつまんで思案げな顔をした。

「傷ひとつない。ほとんどさわってもいないようだな。美しい品だが、この三味線がどうした？　妙なことでも起こったのか？」

「笑わないでくれよ。うちの店の者は皆、まいってるんだから」

「笑うものか。何があった？」

荘助は、眉根《まゆね》をぎゅっと寄せて答えた。

「その三味線、夜になると、猫の声で鳴くんだ。初めは妻が聞いて、驚いてあたしを起こした。そのときは何も聞こえなかったんで、気のせいかとも思ったんだが……二、三日のうちにあたしも耳にした」

燕七はいつもの冷静な顔のまま、そうか、と応じた。

「猫の声で鳴く三味線か。びっくりしただろう」

「びっくりなんてもんじゃないよ。夜中、触れてもいない三味線が急に鳴きだすんだ。部屋に置いておくのも気味が悪くて廊下に出したら、今度はあたしの親も奉公人たちも猫の声を聞いたと言う。もう、店じゅうの者に嫌がられちまって、早くこの三味線を何とかしてこいと親父に叱られてね」

「それで、骨董商のうちに持ち込んだわけだな」

「申し訳ないんだけどね。でも、燕七さんはこういうことにも慣れてるだろう？　どうにかしてもらえないかな」

若旦那の荘助がみずから三味線の箱を抱えてきたのは、奉公人がすっかり怯《おび》えてしまったためだったのだ。

まいっていると言うわりに、荘助は度胸が据わっている。本題を切り出すまでは、おるうを和ませるための思い出話を披露し、笑顔さえ見せていたのだ。胆《きも》が太くなければ、そんなことはできまい。大したお人だ、と、おるうは思った。

おるうは、燕七の横から箱の中の三味線をのぞき込んだ。四角い胴に、細く長い棹《さお》、三本の弦が張られ、銀杏《いちょう》の葉の形をした撥《ばち》が添えてある。ぱっと見たところ、何の変哲もない三味線である。

燕七が荘助に向き直った。

「この三味線を佐久良屋で預かればいいのか？」

荘助は深々と頭を下げた。

「頼む。見てのとおり真新しい品だから、骨董品としての値打ちはまったくない。買い取ってくれとは言わないよ。ただ、妻が本当に嫌がってしまって、うちにはもう置いておけない。燕七さん、後生です。この三味線を引き取ってください」

燕七は荘助の肩をぽんと叩《たた》いて面を上げさせた。

「そうかしこまらなくていい。いわくつきの品は、骨董商にとっては珍しくもないものだ。俺が引き取って調べておこう。この三味線を作った職人の名など、ひととおりのことを教えてほしい」

「ありがとう、燕七さん」

荘助はほっとした様子で、三味線を注文した日付や、職人の名と住まい、出来上がったという知らせを受けて引き取りに行った日付などを答えた。

燕七は手早く反故紙《ほごがみ》に書き留めながら、首をかしげた。

「この工房の職人なら、付き合いがないでもない。うちの父が商いの相談をした、という記録を先日見たんだ。妙なものを扱うような人ではないようだったが。まあ、調べてみるか」

「恩に着るよ。近いうちに妻を連れて、今度は買い物に来たいところだ。部屋がちょいと寂しいから、花の絵の掛軸なんかがほしいと思っていてね」

荘助はそこまで言って、あくびを嚙《か》み殺した。気が緩んだはずみで眠気に襲われたのだろう。

「わたくしも荘助どののお内儀さんとお会いしとうござりまする。ですが、三味線騒ぎであまりお休みになっていないご様子。まずはご養生くださりませ」

おるうが言うと、荘助は丁寧に頭を下げた。

「ありがとう。よかったら、妻と仲良くしてやってください。妻もおるうさんとお会いしたいと言っているんですよ。今度、一緒に芝居見物に行きたいんだとか」

「芝居見物でござりますか。あいわかり申した。わたくしも楽しみにいたしまする。どうぞよしなに」

お堅い旗本の家にあっては、めかし込んで芝居を見に行くことはふしだらだ、なとど言われ、許されなかった。佐久良屋に嫁いできてからも、つい旗本らしい考えに縛られがちなところがあったが、この頃はずいぶん薄れてきている。

芝居見物は、商家のおなごのたしなみだという。心が躍るものであるらしい。燕七の顔をうかがってみるが、おるうが芝居見物をすることを咎《とが》める様子はない。

であるならば、やはり楽しんでよいことなのだ。

それにしても、と、おるうは首をかしげた。いわくつきの三味線がしまわれた箱を、こっそりと盗み見る。三味線が夜な夜な猫のように鳴くというのは、一体どういうことなのだろう？

荘助が帰った後、女中のおすみがほっとした顔を見せた。

「お嬢さまも、だんだんぼろを出さなくなってきましたね。しゃべり方は相変わらずですけれど」

「しゃべり方はあきらめた。追々どうにかなるだろう」

おすみは浮世絵の美人そのもののような、うりざね顔に涼しい目元、赤く小さな唇の持ち主である。上背があって、実は並みの男よりも力が強く、体術にも優れるのだが、佐久良屋の奉公人の前ではおとなしく振る舞っている。

燕七にとっての荘助が弟のような友であるのにも似て、おるうにとってのおすみは女中であるだけでなく、頼れる姉のような人だ。おすみの母がおるうの乳母だったので、物心ついたときから、五つ年上のおすみには世話を焼かれっぱなしだった。

おすみは佐久良屋で唯一、おるうが実家から連れてきた女中だ。夫の燕七を除けば、この佐久良屋でおるうの秘密を知っているのは、おすみだけである。

秘密というのは、ほかでもない。おるうが旗本出身という素性を偽って佐久良屋の内儀に収まっている件だ。

おるうの本当の名は、美鳥という。知行一千石の旗本、三津瀬家の長女として生まれ育った。

その名と暮らしを捨てて佐久良屋に嫁ぐことになったのは、父が出世争いに敗れ、借財がかさみ、家の内証がどうしようもなくなったためだった。

家宝の太刀を売るための相談を、佐久良屋に持ちかけた。それがきっかけで、逆に佐久良屋のほうから、ある話が持ちかけられた。

おるうが佐久良屋の若き主《あるじ》である燕七に嫁ぐなら、佐久良屋が三津瀬家への金銭の援助をする。そういう話である。

聞けば、家宝の太刀を売るよりも、おるうが縁談を受けるほうが実家にとって得になるという。であれば、迷うこともない。

おるうは佐久良屋に嫁ぐ道を選んだ。

由緒正しき旗本の娘が、身分の上ではいやしい商家に嫁ぐなど、異例のことである。世間に知れたら、三津瀬家の旗本の面目は丸潰《まるつぶ》れとなり、その恥を雪《そそ》ぐには当主が腹を切るしかなくなってしまう。

ゆえに、おるうは名も素性も偽ることとなった。とある宿場の郷士の娘であり、江戸で暮らすのは初めてだ、という筋書きを押し通している。

おるうにとって、この嫁入りは、実家を救うための唯一の道だった。

一方、燕七にとってはどうなのか。

損得を勘定するならば、損ではない、ということになるらしい。

何しろ燕七は、父絢十郎の唐突な死によって佐久良屋の主の座を継いでから、まだ一年余りに過ぎない。早く足場を固めたいところであり、そのための一つの道が妻をめとることだった。所帯を持ってようやく一人前とみなされるのは、商家も武家も同じらしい。

しかしながら、奉公人はいまだに燕七を「若旦那《わかだんな》」あるいは「燕七坊ちゃま」などと呼んでいる。つまり、絢十郎が存命だった頃と、何ら変わっていない。正しくは「旦那さま」と呼ばれるべきである。

佐久良屋には、絢十郎の後妻のおもんが健在だ。おもんは、燕七にとっては継母《ままはは》に当たる。おもんの息子で燕七の異母弟の柳造も、佐久良屋で働いている。

燕七と柳造はどうにも反りが合わない。これは店の内外に知られたことだ。奉公人のほとんどは日和見を続けている。柳造が燕七を押しのけて佐久良屋の主となるかもしれない、と考える者もいるらしい。

そういった事情を、おるうも祝言より前に聞かされていた。だから、燕七はさぞかし焦っているのだろうとか、早く子をなさねばならないはずだとか、しっかりと腹を括《くく》って嫁いできたのである。

ところが、肩透かしを食わされた。実は、おるうはいまだに清い身である。燕七とは寝所が別々なのだ。

初めは、燕七のそっけなさがつらかった。佐久良屋にも身の置き場がないように感じていた。姑《しゅうとめ》のおもんと義弟の柳造はとげとげしい口の利き方をしてきたし、奉公人からも好かれていなかった。

だが、少しずつ打ち解けてきた。

「寂しゅうございます」

燕七にその正直な気持ちを明かすことができたのだ。

腹を割って話して以来、燕七が変わってくれた。今は、朝餉《あさげ》や夕餉《ゆうげ》をともにしている。商いのことも骨董品《こっとうひん》や歴史のことも疎いおるうのために、書物を勧めてくれるようになった。

時に燕七は、骨董品や歴史の蘊蓄《うんちく》を語ってくれる。おるうには小難しくてわからないこともあるが、目を輝かせて語る燕七の姿は、まるで少年のようでかわいらしい。そんなふうに、近頃のおるうは感じている。

荘助を見送った燕七は、改めて三味線を取り出して検分していた。

「本当に真新しいな。実にいい出来だが、いわくがついてしまっては、引き取り手が現れるかどうか」

作られたばかりの道具は独特のにおいがする。削られた木、膠《にかわ》や糊《のり》や漆や顔料、そういったものが混ざり合ったにおいだ。

「弾く者がいないとなると、もったいのうござりますね。せっかくきれいに作られた三味線ですのに」

「おるうさま、弾いてみられますか？」

水を向けられたおるうではなく、おすみが茶道具を片づけながら答えた。

「旦那さま、お嬢さまは三味線がほとんど弾けないんですよ。幼い頃にはひととおり教わりましたけれど、十分な稽古《けいこ》を積めないうちに、だんだんと習い事ができなくなってしまいましたから」

言うだけ言って、おすみは座敷から下がっていった。遠慮のない口ぶりでずばりと告げてくれたのが、かえってありがたい。

金策の苦労は、三津瀬家に限らず多くの旗本が抱える問題だ。親戚《しんせき》づきあいや節目ごとの儀礼など、決して格式を落としてはならない事柄がごまんとあり、そのために金がかかって、日々の暮らしがかつかつになっているのだ。

おるうは、家を継ぐべき長男である弟のために、自分の着物を仕立てることも習い事を続けることもあきらめてきた。おかげで生け花も下手だし、三味線もほとんど駄目、手蹟《しゅせき》もさほど整っていない。

唯一の特技といえば、小太刀術と薙《なぎ》刀《なた》術、常寸の木刀を振るう剣術が使えることだ。特に小太刀術は、本身の脇差《わきざし》を使う稽古も積んできた。

ふと、柳造が客間に顔を出した。出先から戻ってきたばかりのようだ。

「おい、燕七。吉村屋の荘助がでかい箱を担いで訪ねてきたんだって？　何か買い取ったのか？」

柳造は鼻筋が通った男前で、上背がある。顔立ちも背格好も燕七とよく似ているが、派手な帯や根付を好むあたりはまったく逆だ。今日も、柳造はまるで遊び人のような装いである。

燕七は淡々と応じた。

「何も買い取っていない。三味線を引き取ってほしいと頼まれたから、こうして受け取っただけだ」

「三味線だ？　しかも、ばかに新しいじゃねえか。そんなもん、うちの店じゃ扱えやしねえ。どういうつもりだ？」

「佐久良屋として引き取ったつもりはない。友として困り事の相談に乗っただけだ。この三味線は、夜な夜な勝手に鳴くらしい。吉村屋では扱いかねているようだから、この手の品に慣れているうちで処理をすればよいと思った」

柳造は舌打ちし、吐き捨てるように言った。

「お人好《ひとよ》しめが。金にならねえ厄介事を引き受けるなんざ、親父そっくりだな。はた迷惑なもんだぜ」

燕七の眉《まゆ》がぴくりと動いた。去っていく柳造の後ろ姿に何か言いかけたが、そのまま唇を噛《か》んで黙る。

「柳造どのも、お義父《とう》さまを苦々しく思うところがあるのか」

おるうがつぶやくと、燕七は、こぼれた髪を耳に掛けつつ嘆息した。

「俺と同じでしょう。こんなにも憎たらしい相手が自分の兄弟なのは父のせいなんだと思うと、どうしても腹が立ってくる。そういったところでしょうね」

絢十郎は、燕七の言葉を借りるなら、「甲斐性《かいしょう》のありすぎる男」だった。燕七と柳造は腹違いの兄弟だが、同い年だ。生まれた当時は燕七が正妻の子、柳造は妾《めかけ》の子だったが、絢十郎は正妻の前で柳造のことを隠すでもなく、実に堂々と振る舞っていた。

おるうはまた、燕七と柳造にとって、さらに腹違いとなる妹がいることも知っている。おさきという娘で、佐久良屋からもさほど離れていない橘町《たちばなちょう》四丁目の水茶屋で働いている。歳は十六。美人なだけでなく、明るくて面倒見がよい。

「燕七兄さんのこと、大事にしなきゃ許さないんだからね！」

おさきはつんとした顔で、おるうにそんなことを言い放った。だが、しゃべっているうちに打ち解けた。人懐っこいのだ。おるうのしゃべり方が町人らしくないことも、さして気にする様子もなかった。

おるうにも弟がいる。いや、実家と縁を切ってしまった今となっては、弟がいた、と言うべきだろうか。四つ年下の弟の玲司《れいじ》は、生意気なところもあったが、まっすぐな気性の持ち主で、おるうをよく慕ってくれていた。

おさきが兄の燕七を慕うさまは、前髪姿の玲司とも重なる。くるくると素直に変わる表情がかわいい。同じ弟というものであっても、柳造は実にかわいげがない。

玲司があんなふうに育ってしまったら嫌だ。素直なままでいてほしい。

燕七の話では、絢十郎の子はほかにも幾人かいるらしい。中には、父なし子として苦労している者もいるかもしれない。燕七はそのあたりを憂えていて、自分の子をつくることよりも、父が蒔《ま》いた種のけじめをつけるのが先だと考えている。

やれやれ、と燕七は嘆息した。

「柳造のやつはもともと愛想のない男ですが、近頃はいつにも増して、妙に機嫌が悪いようです。おるうさまにもご不快な思いをさせているでしょう？」

「慣れてまいりましたので、わたくしのことはお気遣いなく。むしろ、柳造どのの不機嫌の種がわたくしなのではないか、とも思われますが」

燕七はちょっと目を見張り、頭を左右に振った。

「違いますよ。あいつはわかりやすい。おるうさまを疎ましく思っているのなら、じかに言って追い出しにかかるはずです。実際、あいつの勘気を被ったために辞めていった奉公人もいました」

「まあ」

「気が短いのはいただけないが、柳造が間違ったことを言っているわけでもなかったので、父も止めませんでした。あいつは態度がふてぶてしいだけで、言っていることは存外、理にかなっているんです」

「存じております。わたくしも柳造どのから教わったことがございますゆえ」

商家の勝手が何ひとつわからなかった頃のことだ。店は男が仕切る場だというこ
とさえ知らず、のこのこと店先に出ていったのを、柳造に咎《とが》められた。

「しかし柳造のやつ、近頃は出掛ける先を誰にも言わないことが増えている。遊び仲間のいる浅草《あさくさ》に行っているらしいというのは察しがつきますが、戻ってきたときには、必ずと言っていいほど機嫌が悪いんですよ」

「柳造どのが友とうまくいっておらぬのなら、心配ですね」

おるうが言うと、燕七は顔をしかめ、ごまかすような咳払《せきばら》いをした。

「いや、俺は心配などしていません。柳造に身勝手なことをされては佐久良屋が困るのだと、ただそれだけです。そんなことより、荘助さんから預かったこの三味線、どうすべきかな」

柳造が顔を出す前のところへ話が戻った格好だ。

おるうはおそるおそる三味線の真っ白な胴に触れてみた。

「まことにいわくつきなのでございましょうか？」

「どうでしょうね。骨董品《こっとうひん》には多少のいわくがついていてもおかしくないんですが、

この三味線は新品だ。いわくなど、どこでつくというのか」

「ですが、吉村屋の皆さまがまいっていらっしゃるのでしょう？」

「ええ。荘助さんは冗談が好きな人ですが、人騒がせな嘘などつきません。だから、この三味線にはやはり何かあるんでしょうが」

燕七は三味線を構えたり、両手で持ちあげて矯《た》めつ眇《すが》めつしたりした。しかし、特にこれといったところもないようで、わからない、などとつぶやきながら眉間《みけん》に皺《しわ》を寄せている。

おるうは身を乗り出した。

「この三味線はさておき、骨董品に本物のいわくがついておることがあるのですか？」

燕七はあっさり答えた。

「あります。よくあるとまでは言いませんが、年に二度か三度くらいは、佐久良屋でも妙なことが起こりますよ」

「妙なこととは、たとえば？」

怖いもの見たさというもので、おるうは詳しい話をせがんでしまった。

「そうですね。たびたびあるのは、きっちり巻いておいたはずの掛軸が朝になると緩んでいたり、文箱《ふばこ》などの蓋《ふた》が開いていていたり、といったあたりですね。子犬や子供が描かれた品には多い。夜の間に外で遊んでいるんでしょう」

「描かれた子犬や子供が、絵から抜け出して遊ぶのですか？」

「ええ。そういうことが起こると、夜中に声が聞こえたりもしますよ」

「何と」

燕七は何気なく床の間の掛軸に目をやると、思い出したふうに続けた。

「幽霊画から柳の木が消えたこともありました。それでも見事な絵だったので、買い手がついたんです。そのお客さんが馴染《なじ》みの絵師を呼んで柳を描き込ませたところ、その人も絵師もひどい高熱が出て寝込み、治った頃にはまた柳が消えていたのだとか」

「ふ、不思議な話でございますね」

「うちで盗みを働こうとした者の頭に刀の鞘《さや》が落ちてきて、盗みが防がれたこともありましたね。たまたま見ていた者の話によると、その鞘は落ちてきたなんてものではなく、四尺（約一・二メートル）ほど離れた棚の上から盗人の頭めがけて飛んでいったそうですよ」

「まるで鞘そのものが義の心を持っておるかのように？」

「ええ。しかもその盗人、刀に睨《にら》まれて動けなくなった、と奉行所で訴えたらしいんですよ。うちの店では、刀は白鞘に入れた格好で並べています。それが一斉に鯉口を切ったかのように、白鞘から刀身がのぞいて、そこに目がついていた。刀の目が自分を睨んでいたのがとにかく恐ろしかった、と」

おるうはその様子を思い描いてみて、背筋が寒くなった。燕七はしかし、平然としている。

「目といえば、厄介な簞笥《たんす》がありましたね。手前の幼い頃のことですが、いつの間にか勝手に引き出しが開いてしまう簞笥を、父が引き取ってきたんです。さらにはその簞笥、開くだけじゃなく、引き出しの中から目玉がのぞくんですよ」

「えぇっ？」

「簞笥の出どころがどこなのか、父も調べたようですが、まったくつかめませんでした。そういうものが好きだという奇特なお坊さんが寺で引き取って、のんびり相手をしてやったそうですが」

「そ、その後は？」

「どうなったんでしょうね。何ぶん手前も幼かったもので、それっきりです」

「ご存じないのですか？」

結末がはっきりしない怪談というのはたちが悪い。燕七は肩をすくめた。

「父の日記を読み進めていけば、その出来事の顚末《てんまつ》も書かれているかもしれませんが、まだ整理が追いつかなくて。めちゃくちゃなんですよ、あの人。日記も帳簿も、書き殴ったきりのほったらかしなんです」

そんな話をしていると、番頭の伊兵衛《いへえ》が燕七を呼びに来た。買い取りの相談だという。燕七は三味線を箱にしまい、店のほうへ出てしまった。

座敷は土間越しに日が入る程度で、昼でもやや薄暗い。例の三味線とともに一人で残されると、おるうは何だか気味が悪くなってきた。

おるうは急いで客間を後にした。

「余計な話を聞くのではなかった……」

後悔したが、後の祭りだ。

鳥肌の立った腕をさするおるうに、おすみが不思議そうな目を向けてきた。

三

翌朝の目覚めは、よいとは言えなかった。

そもそも、前夜になかなか寝つけなかった。

佐久良屋に起こった不思議な話を、燕七からあれこれ聞き出したのが間違いだった。夜更けに一人きりの部屋で思い返すと、気味が悪くて仕方がなかった。燕七の部屋を訪ねてしまおうかとすら思ったが、暗がりに沈んだ廊下を通らねばならないのもまた恐ろしかった。

ようやくうとうとし始めたと思ったら、唐突に、おもんの引きつった声で起こされたのだ。

「何なのよ、あの三味線は！　燕七さん、夜が明けたら真っ先にあれを何とかしておしまいなさい！」

おるうは寝巻の上に適当な小袖《こそで》を引っかけて前を掻《か》き合わせ、急いで部屋を飛び出した。

まだ薄暗い。日頃ならば、飯炊きの女中たちがそろそろ目を覚ます一方、おるうを含む大半の者はなお眠っている刻限である。

燕七が自室の前でおもんに詰め寄られている。否、おもんひとりではない。若い女中のおくめとおまさ、手代の嶋吉《しまきち》の姿もある。皆が寝巻のままだし、女中ふたりは震えながら抱き合っている。

「いかがなされたのです?」

おるうが声を掛けると、嶋吉が弱り果てたような顔で微笑んだ。

「おはようございます、おかみさん。と言うのも早すぎますね。ちょっと、夜の間に困ったことが起こってしまって……」

嶋吉は十八の若さだが、幼い頃から佐久良屋で叩《たた》き上げられた逸材だ。よく気がつく働き者で、人当たりが柔らかい。たちの悪い浪人に絡まれていたのを救って以来、まるで子犬のような従順さで、おるうに懐いている。

「一体何があったのだ?」

おるうの問いには、女中のおくめが答えた。

「夜中に何となく目が覚めたら、おまさちゃんもちょうど起きたっていうんで、二人で厠《かわや》に行くことにしたんです。そしたら、厠からの帰り際に、客間の座敷のほうから、ね、猫の鳴き声が聞こえてきて……」

「それは、七夜《ななよ》が鳴いていたのではないのか?」

七夜というのは佐久良屋で飼っている猫だ。向かって右半分だけ白く、もう半分は黒いという、変わった毛色をしている。半分だけ白いさまがまるで上弦の月のようなので、七夜という名になったそうだ。

おくめは勢いよくかぶりを振った。

「違います。七夜じゃありません。だって、七夜はいつも蔵や離れのほうにいるし、だいたい、厠に行ったときに庭で見たんですよ。そ、それなのに、座敷から猫の声がしたんです」

おまさも震えながら、おくめの言葉に続けて言った。

「あたしたちだって、初めは七夜だと思ったんです。そう思いたかった。庭で見た気がしたけど、見間違いだったかもしれないって。それで……よせばよかったのに、あたしたち、庭にもう一度出て……」

「七夜が庭にいないことを確かめたかったのか」

「そ、そうです。七夜の姿がないのを確かめて、いつの間にか母屋に来てたんだって安心するつもりで……だ、だけど、七夜はまだ蔵のそばにいて、それなのに、ね、猫の声はまだ座敷から聞こえてきてたんです」

おるうと燕七は目を見交わした。おるうは、そっと問うた。

「あの三味線は、まだ座敷に？」

「手前はさわっていません」

「わたくしもです」

燕七が座敷を離れた後、おるうは気味が悪くなって、箱にしまった三味線をそのまま置き去りにしてきた。それっきりになっていたらしい。

つまり、荘助が言っていたとおり、本当に夜中に三味線が猫の声で鳴いた。それを女中たちが聞いてしまったというわけだ。

否、女中たちだけではない。嶋吉もそうだし、何より、おもんまで顔を引きつらせている。骨董《こっとう》商のおかみとして長年鍛えられ、度胸が据わっているはずのおもんである。

「あたしも聞いたのよ、燕七さん。気のせいなんかじゃあないわ」

「ええと、どういういきさつで？」

「人が起きてばたばたしてる気配があったんで、目が覚めちまったの。部屋から出てみたら、女中ふたりが嶋吉をつかまえて連れてきて、座敷を確かめてこいなんて言ってるじゃないの。しかも、座敷のほうから猫の声が聞こえてくるし」

嶋吉がおもんの言葉にうなずいて、付け加えた。

「座敷から聞こえてくる声は、七夜の声じゃなかったんですよ。あたしは七夜の声なら聞き分けられます。猫の鳴き声は、七夜より細く高い声でした。それで、さすがに気味が悪くなってきて……そしたら、大おかみが動いてくださって」

　おもんは、ふんと鼻を鳴らした。

「この子らが怯《おび》えてたんで、あたしが代わりに座敷の障子を開けてやったんだよ。猫の声が聞こえる気がする。うやむやにはしておけないと思ってね。そしたら、どうよ？　猫の声がいっそうはっきり響いてくるじゃないの。吉村屋から聞いていたとおりにね」

「母さんも吉村屋の三味線の話を耳に入れていましたか」

「まさかその三味線がうちの座敷にあるとは思っていなかったけどね。嶋吉が教えてくれたわ。吉村屋の荘助さんがうちに運び込んだって」

「ええ、ちょっと調べてから、それなりの扱いをしようと考えていたところで……」

　皆まで言わせず、おもんは燕七に詰め寄った。

「猫の呪いだわ。燕七さん、あんただって知ってるでしょう？　三味線は猫の皮を張ったのが上等なの。でも、猫ってのは祟《たた》るのよ。気味が悪くてしょうがない。まったく、どうしてくれるのよ！」

「どうとおっしゃられましても……」

「四の五の言わずに、夜が明けたら、すぐにどうにかしてきなさい！」

そのとき、柳造の部屋の障子が開いた。

「何を騒いでやがんだ？　まだ夜明け前じゃねえか。うるせえなあ」

おもんがキッと柳造を睨《にら》んだ。

「あんたも燕七さんも、あたしらが震え上がってたってのに、よくも呑気《のんき》に寝ていられたものだね！」

「ああ？　どうでもいいようなことで、いちいち騒ぐなってんだ」

「親に向かって何て口の利き方だい！」

柳造は舌打ちをすると、勢いよく障子を閉めた。嶋吉と女中ふたりが、思わずといった体で身をすくめる。

おもんは、柳造の姿を隠してしまった障子を睨んでいたが、部屋に踏み込もうとはしなかった。嘆息してうつむくと、化粧をせずとも美しい顔がべっとりと暗い影に覆われてしまう。

燕七がおもんをなだめた。

「母さん、話はわかりました。今はもう猫の声も聞こえませんが、四人が口を揃えて訴えるのですから、確かにその声がしていたはずですね」

「あたしらが声を聞いた、そのいっときだけだったみたいね。それでも、聞こえた

ろ

「ええ、疑うわけではありません。今日じゅうに、こういう話に詳しい人のところへ三味線を持っていくことにします」

「なるたけ早く、どうにかしてちょうだい。いいわね？」

念を押すと、おもんはあくびをした。つられた様子で、嶋吉と女中二人もあくびをする。人に話してほっとしたので、気が緩んだのだろう。

おもんに解放された燕七がようやく、おるうのほうに向き直った。

燕七の端整な顔はいつも静かで、ほとんど表情が変わらないように見える。しかしその実、おるうにはだんだんと見分けがつくようになってきた。

今は、すっかり困っておられる。

燕七は小さくかぶりを振った。

「とにかく、あの三味線はひとまず手前の部屋に運んでおきます。母さんは少し休んで。嶋吉とおくめ、おまさも、体がつらいようなら無理はしないように」

奉公人の三人は、はい、と返事をした。夜明け前の薄暗い中では顔色など見て取れないが、まだ青ざめたままなのかもしれなかった。

四

朝餉《あさげ》を平らげた燕七は、伊兵衛を筆頭とする三人の番頭にあれこれ言いつけて用事の肩代わりを頼んだ。三味線の件でおもんが激怒したことは、通いの番頭たちも朝一番に聞かされたらしく、引き継ぎはすんなりいったようだ。

おるうは燕七に声を掛けた。

「これからお出掛けになるのですね。どちらへ？」

「楽器のことなので、まずは不二之助《ふじのすけ》さんを頼ろうと思います」

やはり、と、おるうは思った。

読売屋の不二之助は、燕七にとって手習所の兄弟子にあたる人だ。読売屋は、近頃起こった出来事を瓦版《かわらばん》にし、それを読み上げながら売り歩く。読売屋にとって、声は商売道具だ。中でも不二之助は素晴らしく声がよい。

また、不二之助は歌も抜群にうまい。というのも、もともと裕福な料理茶屋のお坊ちゃんで、身近に歌舞音曲を聴いて育ったからだそうだ。歌にも楽器にも天性の才があった上、師にも恵まれていたというわけである。

以前、骨董品の琵琶《びわ》の目利きでも、不二之助の世話になった。その琵琶をめぐっては、たちの悪い旗本の罠《わな》にかかってしまったのだが、不思議なことに丸く収まった。流星党《りゅうせいとう》という義賊が旗本の罪を暴き、琵琶を取り戻してくれたのだ。

いずれにしても、あの琵琶の件では、不二之助やその仲間に相談を持ちかけたのがきっかけで、縁や運を呼び寄せたらしく感じられた。

燕七によると、手習い時代からそんなふうだったそうだ。荘助も言っていたとおり、燕七は妙に厄介事を抱え込みがちだが、不二之助たちが知恵を出してくれるうちに、いつの間にか片づいてしまう。何だか福の神のような人たちだ。

「わたくしも不二之助どののもとへ、ご一緒してよろしゅうございますか？」

「むろんですよ。一緒に参りましょう」

不二之助が根城にしているのは、仲間の一人である直彦《なおひこ》が営む小料理屋、鶏口亭《けいこうてい》だ。不二之助と直彦に加え、湯屋の倅《せがれ》の明蔵《あきぞう》と、棒手振《ぼてふ》りの日出弥《ひでや》も、手が空けば鶏口亭に集まって、我が家のようにくつろいでいる。

おるうにとっても、鶏口亭は心地よい場所だ。それに、行き先が鶏口亭ならば、わざわざ付き人がともに来ることもない。燕七と二人で気楽に出掛けられるのだ。

燕七は、荘助がここへ来たときと同じく、自分で三味線の箱を抱えた。

「さて、参りましょう」

いつもならこんなことをすれば、よく気がつく嶋吉は飛んできて「あたしがお運びします」と名乗り出るものだ。しかし、抱えているのが例の三味線とあって、嶋吉も今日ばかりは目をそらした。

行ってらっしゃいませ、と見送られ、おるうと燕七は繁華な日本橋の通りを歩きだした。

どの店も、さあ今日の商いを始めようという刻限である。あたりは実ににぎやかだ。お店者《たなもの》はせっせと店の前を掃いたり看板を出したりしている。これから仕事先へ向からしい職人が勢いよく歩いていく。手習いの道具を抱えた子供たちが駆けていく。

鶏口亭は、通二丁目から北東へ向かい、海賊橋《かいぞくばし》を渡ってすぐの坂本町《さかもとちょう》にある。

おるうはふと不安になった。

「あの、燕七さま。直彦どのはもう店を開けておるのでしょうか？」

鶏口亭は、昼四つ（午前十時頃）過ぎには煮炊きの匂いをさせている。だが、さすがにまだ早すぎるのではないか。

燕七は肩をすくめた。

「まだ開けてはいないでしょう。でも、直彦さんは店の二階に住んでいますし、不二之助さんも奥の小上がりで寝ていることが多い。戸を叩《たた》けば、どちらかは出迎えてくれます」

「起こしてしまってよろしいのですか」

「怒られはしませんよ。この三味線を持ち込めば、おもしろがって帳消しにしてくれるでしょう」

果たして、鶏口亭の前まで赴いたとき、今まさに起きてきたばかりという顔の直彦と出くわした。

叩き起こさずに済んでよかった、と、おるうは胸をなでおろした。

「おはようございます」

「おう、おはよう、おるうさんと燕七《えんし》っつぁん。こんな朝っぱらから、夫婦お揃いで何だい？　おや、その箱は？　また厄介事を担ぎ込んできたって寸法かい？」

ねぼけ顔だった直彦だが、たちまち覚醒《かくせい》したらしかった。燕七が抱えた三味線の箱を指差す。童顔の直彦は、どんぐりまなこをきらきらさせ始めると、とても二十八には見えない。

鶏口亭の四人組は、多少の無理難題も奇妙な謎も、鮮やかに解決してのける。

何しろ、鶏口亭には町の噂が集まるのだ。

読売屋の不二之助は瓦版を作って売るのが仕事だし、一膳《いちぜん》めしも酒の肴《さかな》も出している直彦は得意客の話をよく覚えている。明蔵の実家の湯屋は八丁堀にあって、捕物に奔走する役人ともつながりが深い。棒手振りの日出弥は、訪ね歩く先々の勝手口で交わされる噂話をよく聞いている。

噂話をもとに江戸じゅうの事情に通じている四人が知恵を貸してくれれば、大抵のことは打開の糸口が見えてくる。そして、福の神のような四人が燕七に救いの手を差し伸べてくれないことなど決してないのである。

燕七が手短に荘助から三味線を引き取った経緯を告げると、直彦はすぐさま店に入れてくれた。

「ああ、吉村屋の荘助か。懐かしいな。しかし三味線騒動とは、そりゃまた荘助も難儀だったねえ。確かに、楽器のことは不二さんに訊《き》くのがいちばんいい。不二さんは奥の小上がりで寝てるから、叩き起こしていいよ」

「ありがとうございます。すみませんね、朝早くから」

「かまやしないって。そろそろ不二さんに朝飼を食わせようと思ってたところだ。明さんと日出さんは朝が忙しいから、まだしばらく出てこられないけど」

八丁堀の旦那《だんな》衆は、朝一番に湯屋で風呂《ふろ》を浴びるものらしい。おかげで明蔵は一家総出で、明け方頃からばたばたしているのだとか。日出弥もまた、人々が朝餉をこしらえ始める前に青菜などを売り歩いている。市場である「やっちゃば」に赴くのは夜明け前だ。

燕七は店の戸をくぐった。おるうも続く。

床几《しょうぎ》が並べられた土間を進んでいくと、最奥に板張りの小上がりがある。衝立《ついたて》の目隠しの内側で、不二之助が夜着にくるまって眠っていた。

燕七は三味線の箱を小上がりに置くと、遠慮なく不二之助の夜着をひっぺがした。

「おはようございます、不二之助さん。起きてください。相談があるんです」

眠りを奪われた不二之助は、つらそうに呻《うめ》いた。

「勘弁してくれよ。読売屋は宵っ張りなんだぜ。ゆうべも明け方近くまで、深川《ふかがわ》のほうで瓦版を売り歩いていたんだ」

燕七は夜着を脇に押しやると、居ずまいを正して不二之助と向かい合った。

「不二之助さんが寝坊助《ねぼすけ》なのは重々承知しています。こちらにゆとりのあるのなら、昼になってから訪ねてきますよ。しかし、そうも言っていられないことが出来《しゅったい》してしまったものですから」

「何だ、また厄介事かい。やれやれ」

ぶつくさ愚痴を漏らしながらも、不二之助は身を起こした。そのあたりに放り出していた手ぬぐいを取って、頭を覆う。目元まで手ぬぐいを引き下げると、薄く形のよい唇が際立った。

それで、と不二之助は燕七を促した。

「こたびは何事なんだい？」

燕七は、三味線の入った漆塗りの箱を不二之助のほうへ押し出した。

「この三味線のことです。ちょっと具合を見てもらえませんか？ 昨夜、この三味線におかしなことが起こり、母や店の者が難儀したようなんです。一刻も早くどうにかしてほしい、と母からきつく言われてしまいました」

「ほう、三味線か」

直彦が盆に湯呑《ゆのみ》を四つ載せてやって来た。

「ほい、冷ました麦湯だよ。不二さんも、まずは喉《のど》を潤しな。しかしその三味線、新しく作ったばっかりだってのに、もういわくつきの品になっちまったのかい？」

礼を言って麦湯を受け取り、燕七は問いに答えた。

「いわくつきと言っていいでしょう。何しろ、夜な夜な奇妙な音がするというので、うちで引き取ることになったんですから。不二之助さん、手習所で一緒だった荘助さんを覚えているでしょう？」

不二之助はうなずいた。

「銘茶問屋の吉村屋の子だな。おとなしい子だった。燕七っつぁんもおとなしかったが、荘助の前では兄さんぶって世話を焼いていたな。頼りない燕坊もちょいと大人になったかなと思って、俺たちは微笑ましく見ていたものだ」

「兄さんぶっていたつもりはありませんが。何にせよ、あの荘助さんも今や立派な若旦那《わかだんな》で、去年の冬にお内儀を迎えているんですよ」

「へえ。時の流れは速いねえ。それで、三味線の持ち主は荘助なのかい？」

燕七は、三味線の箱の蓋《ふた》を開けてみせた。

「荘助さんがお内儀のために作らせた三味線だそうです。ところが、夜になると、この三味線が猫の声で鳴く。おかげでお内儀も店の奉公人もすっかり怯《おび》えてしまった。それで、荘助さんがうちに持ってきたんです。骨董《こっとう》商の佐久良屋は、いわくつきの道具の扱いに慣れているだろうから、と」

不二之助は、起き抜けの渇いた喉に麦湯を流し込むと、三味線をのぞき込んだ。

「まだ生まれたての三味線だな。こいつが猫の声で鳴くところ、燕七っつぁんも聞いたのかい？」

「いえ、俺は聞いていないんですが」

燕七の言葉に、おるうは付け加えた。

「ゆうべ、お義母《かあ》さまや店の者が猫の声を聞いたというのです。わたくしの寝所も燕七さまの寝所も、この三味線を置いておった座敷から離れたところにありますゆえ、さような声は聞こえなんだのですが」

直彦が耳ざとく聞きとがめた。

「ちょい待ち。おたくら、一緒の部屋で休んでないのかい？　祝言を挙げて、まだ三月だろ？　もう寝所を分けちまってんのか？」

おるうはぱっと口を覆ったが、もう遅い。燕七はわずかに顔の向きを変えて、直彦の追及のまなざしを避けている。

もう分けた、ではない。

初めから、形ばかりの夫婦なのだ。

燕七の肩や手にそっと触れてみたことはある。燕七に手を引かれて歩いたこともある。差し向かいで食事をし、表でも親しく口を利く。連れ立って歩きもする。

だが、それだけと言えば、それだけだ。夫婦らしい間柄かと問われても、うなずくことができない。

燕七のそっけない態度に、初めは怒りを覚えた。それがだんだん戸惑いに変わった。今は、何となく寂しい。

この寂しさは何だろう？

おるうはぐるぐると考えてしまった。直彦の顔を見やる。直彦は、焦ったようにごまかし笑いを浮かべた。

「えっと、わ、悪《わり》ぃな。俺、何か余計なこと言っちまったみたいで」

「いえ、その……」

気まずい。

そっぽを向いたきりの燕七は何も言ってくれない。

直彦は、助けを求めるように不二之助のほうを見た。

不二之助は、こちらの様子などそっちのけだった。さっそく箱から取り出した三味線を体の前で構え、糸巻をきりりと締めたり、弦を指で引っ張ったり、撥《ばち》で弾いてはまた糸巻を締めたりしている。

やがて、不二之助は満足げに笑った。

「実にいい三味線だ。柔らかな音が鳴るね。胴に張られた皮が上質だし、腕のいい職人の仕事なんだとわかる。いわくつきだから弾かないなんて、もったいない。燕《えん》七《し》っつぁん、三味線の胴に何の皮を張るか、むろん知っているだろう?」

「猫の皮ですよね」

「そう。犬の皮なら一匹ぶんで数丁の三味線ができるが、上質とはいえない。太く響かない音になっちまうからね。細くて柔らかな、愛らしい音を響かせる三味線を作るには、一丁で一匹ぶん、猫の皮が必要だ。特に、幼い雌の虎猫の皮がいいそうだよ」

しなやかに伸びる声で歌うように、不二之助は語る。

三味線一丁につき、猫一匹。おるうは七夜のことを思い描き、何となくぞっとしてしまった。

「この三味線が夜中に猫の声で鳴いておったのは、お義母さまがおっしゃっておったとおり、猫の呪いなのでしょうか?」

不二之助は、おかしそうに応じた。

「さて、どうだろうね。実は、よく似た話をよそでも聞いたことがあるんだ。そのときも、いわくつきだ何だと騒ぎになったけれど、蓋を開けてみれば、そんなことはなかった」

「呪いではなかったのですか」

「俺は、呪いというものを見たことがないな。幽霊も妖怪《ようかい》も、出会ってみたいけれど、見たことがない。そういう不思議なものは、なかなか人の前に姿を現してくれないらしい」

「では、不二之助どのには、この三味線の謎が解けておるのですか？」

「こんな謎は、すぐにおるうさんにも解けるよ。直さん、表の戸を開けてやって。お客が来ているよ」

はいよ、と応じた直彦が身軽に土間を歩いていく。おるうは小上がりから身を乗り出して、直彦の後ろ姿を目で追った。

直彦が、からりと戸を開ける。

その途端、黒い小さなものがするりと戸の隙間から飛び込んできた。

「えっ？　ちょっと、今のは」

すかさず直彦が振り返る。

おるうも目を見張った。

「猫？」

黒い猫だった。耳はぴんと立っているが、全体に華奢《きやしや》だ。まだ子猫と呼んでよい月齢なのだろう。黒猫はまっしぐらに駆けてきて、小上がりに飛び乗った。

「ニャー」

ちんまりとした牙《きば》をのぞかせて鳴く。小鳥のさえずりにも似た高い声は、やはり子猫ならではのものだ。ニャーというより、ピャーと聞こえる。

不二之助は三味線を抱えたまま、子猫のほうへ腕を広げた。

「ご苦労さん。やっぱり追ってきたね。懐かしいにおいがしたのかい？　それとも、人には知りえない何かをたどって、ここまで来たのかな」

小さな黒猫は不二之助と三味線の間に収まって、ピャーと鳴いたり喉《のど》を鳴らしたりと忙しい。

直彦が小上がりに戻ってきて、天窓を開けた。東向きの窓から朝の光がしみ込んでくる。

黒猫はまぶしそうに目を閉じた。ぴかりと光る目がすっかり毛並みに隠れると、不二之助の黒い紬《つむぎ》の着物と三味線の影にまぎれ、黒猫の小さな姿はほとんど見えなくなってしまう。

燕七は、ほうと息をついた。

「なるほど。夜な夜な聞こえた猫の鳴き声の正体は、この黒猫だったのか。夜の暗がりにあっては、この小さな体はほとんど見えない。三味線のそばで黒猫が鳴いておったのが、三味線の鳴き声のように聞こえたわけですね」

不二之助がくすりと笑った。

「こういうことはたびたびあるんだよ。たとえば、三味線になった母猫を慕う子猫がどこまでも三味線を追いかけてくる、なんてね。こたびの三味線は、きょうだいじゃないかな。姉か妹のそばにいたくて、黒猫はここまで追ってきたんだ」

直彦が顎《あご》を撫《な》でた。

「何かに似ているな。黄表紙？　いや、芝居の、ええと……ああ、あれだ！　『義経千本桜』の狐忠信《きつねただのぶ》だ！」

芝居に疎いおるうでも、『義経千本桜』ほど有名なものなら、筋くらいは知っている。

源平《げんぺい》合戦に勝利した源氏《げんじ》だったが、その立役者である義経《よしつね》は、どういうわけか兄の頼朝《よりとも》の勘気を被り、鎌倉《かまくら》から追われてしまう。哀れ、落ち延びていく義経一行。義経の愛妾《あいしょう》である静御前《しずかごぜん》は、義経とは別の旅路をたどることとなったのだが、その警固を務めたのが狐忠信である。

狐忠信は、義経配下の武者、忠信の姿に化けた狐だった。実は、静御前の持つ「初音の鼓」に親狐の皮が張られており、狐忠信はその音色を慕って、静御前に付き従うことを選んだのだ。

不二之助が三味線を鳴らすと、黒猫はともに歌うようにピャーと鳴く。

「人というのは残酷だね。たかだか楽器を作るために、獣の親子やきょうだいの仲を裂くんだ。しかし、この音色が美しいこともまた真実だよ。ねえ、燕七《えんし》っつぁん。この三味線、引き取り手がないんだったね？」

「ええ。謎が解けたとはいえ、荘助さんのお内儀は、やはり引き取りには来ないでしょう。ひとたび不気味だと感じてしまうと、人はその道具を恐れ続けるものです」

「だったら、俺がこの黒猫ごと買い取るよ。いいだろう？」

「むろん、かまいません。買い取ると言わず、もらってください。俺も荘助さんからもらい受けたんですから」

不二之助は薄い唇をきれいな三日月形にして微笑んだ。

「じゃあ、決めた。この三味線の名は初音だ。そして、小さな黒い兄さん、おまえさんは忠信。猫忠信と呼ぼうかな。さて、『義経千本桜』にちなんで一曲歌おうか。

やっぱり『道行初音旅《みちゆきはつねのたび》』がいいかな？」

立派な名前をもらった幼い黒猫は、ピャーと凜々《りり》しく返事をした。

直彦はいそいそと台所に向かっていく。

「不二さんの飯だけじゃなくて、猫の飯も作ってやらないと。しかし、まだ体が小さいからなあ。乳離れはしてるんだろうが、ええと、魚の身を叩《たた》いて粥《かゆ》に混ぜてみるかねえ」

鼻唄《はなうた》で何かを歌いだした不二之助に調子を合わせ、直彦は踊るように節を取りながら料理を始めた。

おるうは安堵《あんど》していた。皆をあれほど怖がらせていたのが子猫だったとわかって、笑いが込み上げてくる。

「いわくつきではなかったのだな。よかった」

ほっとしたはずみで、眠気が押し寄せてきた。あくびが出てしまう。

ふと、気づいてみれば、燕七がおるうを見つめていた。口元がちょっと微笑んでいる。あくびをしたのを見られたらしい。

「今日は昼寝でもして、ゆっくりお過ごしください」

そんなことまで言われてしまって、おるうは恥ずかしくなった。

「昼寝など、子供のようなことはいたしませぬ」

思わず、袖《そで》でぶつふりをしてみせる。燕七はきょとんとして、目をしばたたいた。今、冗談めかしたそぶりなど、おるうは自分でも思いがけない振る舞いだった。自分は何をしてしまったのだろうかと、ちょっと慌てる。

不二之助は、おるうと燕七の様子に噴き出した。

「ご馳走《ちそう》さん。仲良くやれているようで何よりだね」

ピャー、と猫忠信が合いの手を入れる。

冷やかされたおるうは、頬がかっと熱くなるのを感じた。しかも、はしたないことに、その頬の熱と胸の高鳴りに心地よさを覚えるのだ。

燕七をちらりと見やると、そっぽを向いていた。耳が赤くなっている。照れているらしい。

おるうはなぜだか得意な気持ちになってきて、声を立てて笑ってしまった。

第二話　花火を待つ

一

梅雨が明けたばかりの夕空に、ぱん、と何かが弾《はじ》ける音が響いた。

おるうは、はっとそちらに気を取られた。

転瞬。

察したときにはすでに、喉元《のどもと》に木刀を突きつけられている。

「気を抜いたわね、おるうさん」

みちるがおるうを間近に見上げていた。

小太刀術の師匠、冬野家の大奥方のみちるは、小柄で品がよく、お転婆で愛らしい老婦人だ。真っ白な髪をひっつめにし、たっつけ袴《ばかま》で身軽に跳び回るのである。

おるうは幼い頃からみちるに師事しているが、こうした立ち合いの稽古《けいこ》では、なかなか一本取らせてもらえない。

さすがに体力には衰えが来ていると、みちる自身は言う。ゆえに、疲れさせてこちらの調子に引き込もうと考え、激しく仕掛けてみても、うまくいかない。ごく小さな動きでのらりくらりと躱《かわ》され、からめとられて、いつの間にか攻め手を封じられてしまう。

おるうとて、それなりの手練《てだ》れだ。すっきり勝つことは難しくとも、あっさり負けない程度には戦えるようになっているのだが。

「今日はきれいに一本取られてしまいました」

「集中が途切れたせいよ。わずかな間とはいえ、がら空きだったわ。一体、何に気を取られたのかしら？」

みちるはようやく木刀を引っ込めた。おるうは一礼し、頰の汗を稽古着の肩にこすりつけて拭《ぬぐ》ってから答えた。

「花火の音です」

「ああ、今日は川開きの日ですものね」

五月二十八日である。

江戸の大川《おおかわ》は、この日から八月の二十八日までの暑い間、夜っぴてにぎわうようになる。川辺や両国広小路《りょうごくひろこうじ》には夜店の屋台が出るし、付近の料理茶屋も遅くまで開いている。川舟で夕涼みを楽しむ者も多い。毎日、まだ明るいうちから花火が打ち上げられるので、町人たちはそれを口実に出掛けたりもするという。

おるうは、胸につっかえている問いを口に出してみた。

「お師匠さま、花火とは、美しいものなのでしょうか？」

みちるは目をぱちぱちさせた。そうすると、まつげの長さが際立つ。

「あら、おるうさんは花火を見たことがなかったのね」

「ございませぬ。番町の屋敷は高い塀に囲まれて、外の様子がわからなんだのです。夜に出歩くことや夜店を楽しむこと、ぜいたくにも川舟を仕立てて遊ぶことなど、我が父には、旗本として言語道断の振る舞いであると叱られたことがございます」

あらまあ、と、みちるは苦笑した。

「そうだったわ。わたくしの若い頃なんて、倹約だ節制だと、もっと堅苦しいことを言われていた時期もありました。武家というのは、本当に窮屈なものね。でも、おるうさん。この夏からは違うでしょう。江戸の町場では、遊び心を持ってこそ、粋《いき》なのです」

「粋、でございますか」

「あなたの旦那《だんな》さまは、そんじょそこらの武士より武士らしい堅物だなんて言われているけれど、遊び心の持ち合わせはあるはずよ」

みちるのまなざしにつられて、おるうは目を走らせた。

冬野家の庭は広い。ずっと向こうのほうで、燕七が堂右衛門《どうえもん》に稽古をつけてもらっている。背の高い燕七が小太刀形の木刀を使い、小柄な堂右衛門が通常の長さの木刀を振るう。

燕七はたっつけ袴の稽古着姿だ。普段は着流しでいるから、まるで武家の少年のような格好で汗を流しているのが、おるうの目には新鮮に映る。

「やはりお強い」

「燕七さんに見惚《みと》れているのかしら？」

「い、いえ、そうではなく……堂右衛門先生の立ち合いをこうして拝見するのが久しぶりなもので……」

おるうは慌てて、燕七に吸い寄せられるまなざしを、堂右衛門のほうへと切り替えた。

冬野家隠居の堂右衛門は、みちるの夫である。おるうは、女には珍しく常寸の刀を使えるが、その剣術は堂右衛門に教わった。

刃長二尺三寸（約七十センチメートル）の木刀は、堂右衛門の手にあると、まるで生き物のようにしなやかに動く。木刀にも目がついているのではないかと思えるほど、どこから打ち込んでも、剣筋を見抜かれてしまう。

　その堂右衛門の動きを端から見ると、こんなふうなのだ。なるほどあの守りは破れない、と、おるうは唸《うな》った。

　堂右衛門は、昔は小十人頭を務めていたという。おるうと背丈が変わらないほどの小柄な老爺《ろうや》だが、動きの切れが凄《すさ》まじい。伝説の剣豪である塚原卜伝《つかはらぼくでん》になぞらえて、今卜伝《いまぼくでん》と呼ばれてもいる。

　対する燕七は、小太刀術の多彩な技をしっかりとものにしている。うまい、と思わせる身のこなしだ。

「しかし、やはり燕七さまも堂右衛門先生が相手では攻めあぐねてしまうのか」

　気づけば、おるうはまた燕七の動きを目で追っていた。汗が飛び散り、夏の西日の下できらきらと輝く。

　みちるが話を戻した。

「花火、今年は燕七さんと二人で見に行ってごらんなさい。きっと、よい思い出になることでしょう」

「ですが、わたくしがこれ以上のわがままを申すのは、燕七さまにとってご迷惑かもしれませぬ」

「そうかしら？」

「燕七さまはお忙しいのに、小太刀術の稽古《けいこ》は大抵一緒に来てくださるし、柳原土手《やなぎはらどて》の古着屋や豊島町《としまちょう》の望月屋《もちづきや》、坂本町の鶏口亭に出向くときも、わたくしを連れていってくださります。わたくしのために、こんなにも時を使ってくださるのに、さらに望んでしまうのはいかがなものかと」

みちるは笑いだした。まるで若い娘のように愛らしい声を立てて、それでいて上品に、みちるは笑うのだ。

「あなたも燕七さんも、相手のことを慮《おもんぱか》っては悩んでばかりなのね。そのためにひどく臆病《おくびょう》になってしまう。大丈夫ですよ、おるうさん。花火のこと、燕七さんに正直に話してごらんなさいな」

「さようでござりましょうか……」

みちるは、おるうの背中をぽんと叩《たた》いた。

「今日は蒸し暑いわね。お稽古はここまでにしましょう。さ、汗を流して着替えていらっしゃい」

「はい。ありがとうござりました」

師匠夫妻の隠居屋敷は、内神田の連雀町《れんじやくちよう》と小川町の境にある。連雀町は職人が多く住むところだ。翻って、小川町には大きな武家屋敷が立ち並んでいる。

冬野家の屋敷もまた、小川町の旗本屋敷に引けを取らないほどに立派なものだ。建屋そのものはさほど大きくないものの、欄間や床の間のしつらえがいちいち凝っているし、茶室や庭も隅々まで手入れが行き届いている。

何より、きちんとした湯殿が二つもあるというのがすごい。佐久良屋に嫁いで改めて感じたのがその点である。

江戸は火事が多い。建物がみっちりと並んでいるために、乾いた風に煽《あお》られて大火になったりもする。ゆえに火の扱いには多くの決まりが設けられており、よほどのお屋敷でない限り、個々の家には湯殿がない。裕福な佐久良屋でさえ湯殿を持たず、奉公人たちは近所の湯屋に通っている。

おるうの実家も湯殿がなかったが、湯屋に行くでもなく、桶《おけ》に水を張って体を拭《ふ》くだけだった。佐久良屋でも同じようにしているが、水のままではなく湯を沸かしてもらえるあたり、ぜいたくだと思う。

さらなるぜいたくは、冬野家の湯殿である。小太刀術の稽古をした後には、客用の湯殿を使わせてもらえる。すっきりと汗を流し、身を清めることができるのだ。

「花火、か……」

湯船でぼんやりする。これからどんどん暑くなるから、湯船のぬくもりの心地よさとはしばらくお別れだ。

湯から上がり、さらりとした綿麻の小袖《こそで》を身にまとう。藍色《あいいろ》の地に白を散らした絞り染め。見るからに涼しげな色味だ。

湯殿を出たところで、燕七と鉢合わせした。

燕七は、稽古着の襟がひどく乱れ、あちこち土で汚れていた。広くのぞいた胸板は思いのほか厚く、汗でしとどに濡《ぬ》れている。

おるうは慌てて燕七の胸元から目をそらし、その顔を見上げた。頬に草の葉がついている。

「堂右衛門先生から投げられたのですね？」

確かめてみると、燕七はばつが悪そうに頰を掻《か》き、草の葉に気づいて顔をしかめた。

「昔に比べれば、堂右衛門先生の太刀筋も見えるようになりましたが、やわらの術となると、てんで駄目です。襟をつかまれたと思ったら、次はもう転がされているんですから。俺のほうが、ずいぶん目方が重いというのに」

燕七は左の袖《そで》をまくってみせた。すり傷ができている。

「湯につかったら、傷がしみましょう」

「このくらい、慣れていますよ。俺はおるうさまほど筋のよい弟子ではありませんでしたし、そもそも鈍くさい子供でしたから、稽古のたびに傷だらけになっていたものです」

おるうと入れ違いで、燕七が湯殿に入っていく。

つい今しがたまで自分がそこで肌をさらしていたのだ、と思うと、おるうは何となく顔が熱くなってしまった。

「湯殿で鉢合わせしなくてよかった」

声に出してつぶやいた後、ひょっとすると燕七はおるうが出てくるのを待っていたのかもしれない、と思い至った。いや、きっとそうだろう。足下にぽつぽつと水滴が落ちている。燕七の汗だ。

ざばっ、と豪快な水音が聞こえてきた。燕七が湯を体にかけた音だ。次いで、湯船に入る音も聞こえてくる。

湯殿の中の音は、外までよく響くものらしい。湯浴みをする人の様子が筒抜けに伝わってくるのだ。燕七がここでおるうを待っていたのなら、水音や衣擦《きぬず》れの音を、どんな思いで聞いていたのだろう？

「まさか、そんな、燕七さまは……ああ、わたくしは何て、はしたないことを……！」

おるうは慌ててきびすを返し、ますます火照る頬を押さえて、湯殿の前から逃げ出した。

湯上がりの燕七を見ないようにしながら、風の通る縁側で、みちるの淹《い》れた茶をいただいた。茶請けの菓子は羊羹だ。

燕七の着物は、ごく薄手の琉球《りゅうきゅう》絣《かすり》である。藍染《あいぞ》めの糸で織られているが、白い襦袢《じゅばん》が透けて、もっと淡い色味に見える。

上質なものをさらりと着こなす燕七は、本当に美しい男だ。

横顔がまた美しい。額から鼻筋、薄いが形のくっきりとした唇、尖《とが》り気味の顎《あご》、太い首と喉仏《のどぼとけ》。稽古の間、乱れた襟元からのぞいていた鎖骨は、今は着物の下に隠れている。

まるで精巧な作り物のよう。しかし、じっと動かない人形などではない。その美しい姿が精気を宿して動くのだから、目を惹《ひ》かれずにはいられない。

見つめてしまっていることに気づいて、おるうは、さっと目をそらした。庭のほうに向き直ると、今度は頰のあたりに燕七のまなざしを感じる。おかしなやつだと思わせてしまったのだろう。

木陰に出した床几《しょうぎ》に腰掛けて、みちるがくすくすと笑っている。

「おるうさん、燕七さんにお話ししたいことがあるのでしょう？　今が好機よ」

好機、などと、まるで戦国の軍師が敵軍の隙を突くような言い回しで、冗談っぽくおるうを焚《た》きつける。お師匠さまは、弟子夫婦のぎこちない様子をたいそうおもしろがっていらっしゃるらしい。

燕七が体ごとおるうのほうを向いた。

「話とは何でしょう？　手前に何か至らない点などありましたか？　ご不快なことでも？」

張り詰めて不安げな声音だ。

初めのひと月ほどは、燕七がおるうを避けていたと言ってよい。それが我慢ならなくなって、燕七にきつい言葉をぶつけてしまった日があった。師匠夫妻が場を整えてくれたから、ようやくそんなふうにできたのだった。

　あの場は、一つのきっかけとなった。振り返ってみれば恥ずかしくもあるが、率直なことを言ってみてよかった、と今では思う。

　おるうは意を決して顔を上げ、燕七と向き合った。

「お願い申し上げたきことがございまする。かようなことを申すのは、子供のごときわがままな振る舞いかもしれませぬが」

「はい。何なりとおっしゃってください」

「花火を見とうございます」

　燕七は目をしばたたいた。

「花火、ですか？」

　おるうは顔が熱くなってくるのを感じた。

「おかしなことを申すものだとお思いでしょう？　ですが、わたくしは花火見物をしたことがないのです。父に頼んでみたこともございますが、旗本の娘が町場に出向いて花火見物などと浮かれるものではない、と叱られ申した」

「お武家さまも、料理茶屋の二階や屋根舟を貸し切って花火をご覧になったりなさいますが」

「さような見栄《みえ》を張るには、我が家の内証は不如意にございました。そのときはわからなんだのですが」

もしも「さすが由緒ある旗本は違う」と称賛を集めるような仕立てであれば、父も遊興の類《たぐい》を許してくれたのだろう。むしろ、そうした称賛への憧《あこが》れを抱いていたぶん、実現できないことへの苛立《いらだ》ちがあったのではないか。

燕七の目元が和らいだ。わずかとはいえ、微笑んだのだ。

「わかりました、おるうさま。花火見物をしましょう」

「まことによろしゅうございますか？」

「むろんです。しかし、人混みに繰り出すのは危うい。そうだな、花火がきれいに見えるというので有名な料理茶屋で、ゆっくりと夕餉《ゆうげ》を食べるというのはどうです？」

おるうは胸が躍った。

「お任せいたします！」

勢い込んで答えると、燕七は、ただし、と言い添えた。

「川開きからすぐの頃は料理茶屋も混んでいますから、なかなか席を押さえることができないかもしれません。半月かひと月ほどお待たせすることになるかと思いますが、かまいませんか？」

「かまいませぬ。楽しみにお待ち申し上げます！」

おるうは嬉《うれ》しくなって、みちるのほうを見た。みちるはにこにこしてうなずいてくれた。

自分もみちると同じようににこにこしていることに、はたと気づく。実家では「おなごが歯を見せて笑うなど、はしたない」と叱られることがあった。それで笑わないよう気をつけていたのだが。

みちるは叱らない。燕七も叱らないし、むしろ、その目元がいっそう和らいだようにも見えた。

二

ほたる屋という料理茶屋の二階座敷で夕餉をいただくのは、七月一日と相成った。おるうが「花火を見たい」と言ったその翌日に、燕七はさっそく、ほたる屋に約束を取りつけてくれたのだ。

仕事のために外に出ていた燕七は、佐久良屋に帰り着くなり、おるうの部屋を訪ねてきて告げた。

「やはり、ひと月もお待たせすることになってしまいますね。新月の夜ですから花火はきれいに見えるでしょうが、申し訳ありません。何ぶん評判の店で、六月の間は夜ごとに宴《うたげ》が開かれるとかで」

ほたる屋は薬研堀《やげんぼり》にあって、隣り合う店よりも天井がいくらか高い。そのぶん二階座敷も高く、窓が東に面しているので、障子を開ければさえぎるものもなく、大川とそこに架かる両国橋がよく見える。

大川に舟遊びの明かりが映り込むのが実に美しいそうだ。窓から少し身を乗り出して空を仰ぐと、頭上に花火がぱっと咲くのだという。

おるうはわくわくしていた。

「評判の店というと、座敷を押さえるのも骨が折れましたでしょう？　まことにありがとう存じます！」

「さほどの骨折りではありませんよ。本当に羽振りのよい大店《おおだな》の主《あるじ》であれば、豪勢な屋根舟を仕立て、その夜打ち上げる花火までも自分の金で買うものです。が、佐久良屋ではそこまでできません。川辺の茶屋の夕餉で辛抱してください」

「辛抱などと、さようなことをおっしゃりますな。わたくしはまことに、心から喜んでおりまする。ひと月の間、うんと楽しみにいたします。夜に出掛けて花火見物ができるとは、実家におった頃は、夢にも思うておらなんだのです」

嬉しい気持ちを伝えたくて、おるうは言葉を重ねた。燕七は、はにかむように顔を伏せた。微笑みの気配がふわりと、おるうのもとへ押し寄せる。

ちゃんと笑った顔を真正面から見たい、と思う。

真正面から見てしまったら、心ノ臓が止まってしまうかもしれない、とも思う。

「俺も楽しみです」

短く言った燕七は、着替えてくるからと、自室へ引っ込んでいった。

近頃、燕七はおるうの前でも「俺」と言う。「手前」とへりくだるのではなく、血を分けた弟の柳造や親しい友の前でしゃべるときのように。

ちょっとしたことだが、おるうにはそれが嬉しい。燕七さまのお心が近づいてきた、と感じられるのだ。


水無月《みなづき》ともいうとおり、六月には梅雨の気配も遠のいて、からりと晴れる。

土用の頃には、梅の土用干しをする。梅雨の頃に塩漬けにしておいた梅の実を、三日三晩、天日に干すのだ。

虫干しをするのもこの頃だ。部屋の中で湿気を吸っていた着物や書物、道具や骨《こっ》董品《とうひん》などを、乾いた夏の風にさらす。

実家では、おるうも虫干しに駆り出されていた。何しろ、実家には古くて格式張った着物や帯が山のようにあったのだ。母だけでなく、祖母が嫁入りの際に持ってきた黒紋付も、桐簞笥《きりだんす》ごと屋敷に眠っていた。

しかしながら、と言おうか。今年は無聊《ぶりょう》をかこっている。できることが何もない。

佐久良屋の虫干しにおいては、おるうの出る幕はなかった。近くに行って見物するのでさえ、邪魔になってしまう。

「凄《すさ》まじい数の品物だな……」

毎日同じことをつぶやいては、ぽかんとしたりぼんやりしたりしながら、部屋の縁側から庭を眺めている。

佐久良屋においては、間口四間、奥行き四間の店に並べられた品に加え、蔵にはさらにたくさんの品が収められている。燕七を筆頭とする働き手は、店を回しながら蔵の品の虫干しもしなければならず、大忙しだ。

衣類の虫干しは、奥を預かる女中たちの仕事である。おるうや燕七の着物も、桜の紋が染め抜かれた奉公人たちのお仕着せも、すべてきっちり干してくれている。ついでに、目についたほつれの修繕などもこなしているようだ。

忙しそうな嶋吉が、久しぶりに声を掛けに来た。

「おかみさん、ちょっとお願いがあるんですが」

「何だ？　わたくしにも手伝えることがあるのか？」

「はい。おかみさんにしかできないことなんです」

ようやく仕事を回してもらえると思い、おるうは前のめりになったのだが。

「七夜をつかまえて、預かっていてもらえませんか？　できれば、おかみさんのお部屋から出さないように、ご一緒にお待ちいただけると助かります」

「……それだけか？」

おるうの落胆に、嶋吉は気づいてくれない。忙しさで目がくらんでいるらしい。

「ええ。七夜が蔵の中にいると、うっかり踏んづけてしまいそうになるし、さっきは女中たちが『干している着物にじゃれついて困る』と言って怒っていました。今の時期はばたばたしているから、皆どうしても気が立っていますよね。七夜はそういうときに限って、人間をからかおうとするんですから」

気難しい七夜は、おるう以外の誰かにさわられるのを嫌がる。とはいえ、おるうでさえ、べったり抱いていられるわけでもない。おるうの膝《ひざ》の上に飽きた七夜は、いきなり立ち上がったかと思うと、風のように素早く逃げ出してしまうのだ。

おるうはひとまず、庭で柳造の一張羅にじゃれかかろうとする七夜をつかまえ、部屋に連れて帰った。

「ことわざでは、猫の手も借りたいと言うものだが」

半分は白く、もう半分は黒いという風変わりな毛皮は、肌寒かった頃とは違い、すっきりと薄くなっている。冬毛のもこもことした姿も愛らしかったが、夏毛をまとった姿は実にしなやかで精悍《せいかん》だ。

「じゃあ、七夜のこと、よろしくお願いしますね！」

嶋吉はぺこりと頭を下げると、慌ただしく蔵のほうへ走っていった。まだ十八の嶋吉だが、仕事ぶりが丁寧で確実で、物覚えもよい。いずれ番頭を任されるようになるのだろう。

おるうは部屋の縁側から、忙しそうな奉公人たちの様子を眺めていた。七夜が庭に出ようとすると、そのたびにつかまえて引き留める。

「七夜よ、昼寝でもしてくれたら助かるのだが、なぜ今日に限って外に出たがるのだ？」

とはいえ、障子を閉め切ってしまえば暑い。涼を求めて障子を開けておくわけだが、そうすると、七夜はおるうの隙を突いて部屋から出ていこうとする。

七夜といたちごっこを繰り広げていると、嶋吉が木箱を持ってきた。

「おかみさん、これを七夜に。洗って干しておいたので、きれいですよ。猫はこういう箱に入るのを好むはずですから、ちょっとおとなしくなるんじゃないかな」

七夜の前に箱を置いてやると、嶋吉の言うとおりだった。七夜は、軽やかな身のこなしで箱に入って丸くなる。たちまちのうちに気に入ったようで、喉《のど》まで鳴らすのだ。

「これで皆の邪魔をせずに済む。ありがとう、嶋吉」

「いえ、お役に立ててよかったです。あたしはこれで」

嶋吉は白い歯を見せて笑うと、ぺこりと頭を下げて、また庭のほうへ駆けていった。

おるうのことを「おかみさん」と呼んで慕ってくれるのは、今のところ嶋吉くらいのものだ。ほかは皆、相変わらず、おるうがいかほどの者かと値踏みをしているかのよう。

「少しずつ馴染《なじ》んでいけばいい。なあ、七夜？」

おるうが微笑みかけると、七夜は小さな牙《きば》をのぞかせて大あくびをした。

佐久良屋がさらに慌ただしくなったのは、虫干しがひと区切りする頃からだった。

「蔵の片づけをしていたら、こんな品が出てきたんですよ」

そう言って骨董品や古道具を佐久良屋に持ち込む客が、どっと増えたのだ。

燕七は、同じ理由で大店《おおだな》や旗本屋敷などへ呼び出されていく。帰りも遅いので、おるうは燕七と夕餉《ゆうげ》をともにできなくなった。

柳造が見事な刀をどこからか買い取ってきたのも、土用の虫干しからさほど経たない頃のことだった。夜更けに帰ってきた燕七を、柳造がつかまえたようで、仏間で話している。そんな声と物音が聞こえてきた。

「本物の村正《むらまさ》だ。見たところ、三百年近く昔の品だな。茎《なかご》も生《う》ぶのままだし、あまり研ぎ減ってもいねえ。しかし、戦で使われたことはあるらしい。物打ち近くの棟に誉れ傷がある。大振りで、ずいぶんと立派な品だ。きっちり高値で売れ」

「村正の真作なら大したものだが。これをどこから仕入れたんだ？」

「証文を見りゃわかるだろうが。質屋に預けられていた。それが質流れしたってんで、俺に知らせが来たんだ。きちんと目利きをして、それに見合う額で仕入れてきた。文句あんのか？」

「文句はないが、しかし、なぜいつもそう喧嘩腰《けんかごし》なんだ？」

「いつも仏頂面のおまえには言われたくねえな。その面こそ喧嘩を売ってらあ。ほら、刀の手入れや修繕、研ぎはおまえの仕事だろ。こいつは白鞘《しろさや》の鞘口が緩んでやがるんで、直しに出しとけ」

「鞘の修繕は、後日まとめて鞘師に頼むつもりだ。ひとまず店に置いておけ」

「ああ？　言われたことはすぐにやれ。雑な扱いをするんじゃねえ」

「刀のこととなると、おまえは細かすぎるほどに細かいな。俺も雑に扱うつもりはないが、何かと立て込んでいる。修繕は少し待て」

佐久良屋は武家とも取り引きがあり、由緒ある刀を仕入れることもある。何を隠そう、おるうの父も、金策のために家宝である青江《あおえ》の太刀を売ってしまおうとしていたが、その相談を持ちかけた相手が佐久良屋だった。

しかし、佐久良屋は町人である。元来武士のものである刀を商うのは、分不相応とも言えるのだ。

そのあたりに気を遣っていたのが、先代の絢十郎だった。ゆえに絢十郎は、刀の扱いに関して、二人の息子に別々の役目を割り振った。

柳造は目利きの技を教わっており、仕入れを担っている。そこから先、刀の手入れや修繕に関しては燕七の役目だ。

しかし近頃、刀の仕入れをめぐって、燕七と柳造がたびたび揉《も》めている。柳造がふらりと一人で出掛けていき、唐突に銘品を仕入れてくる。証文は必ず伴っているようだが、そのたびに燕七が事情を尋ね、柳造がひどく不機嫌な答えを返し、しまいには口論になってしまう。

こたびの村正についても、結局また揉めている。もはや奉公人たちが寝入ったような夜遅くになって、仏間でやり合っているのだ。

「毎度、なぜ口論をしてしまうのであろう？」

おるうは気になった。忍び足で仏間に近づいて、聞き耳を立てようとする。と、いきなり横から伸びてきた手に腕をつかまれた。びっくりして、思わず振り払う。

そちらに向き直ると、おもんが顔をしかめていた。

「ちょっと。痛いわね」

「あ……も、申し訳ござりませぬ」

おもんは鼻を鳴らすと、小声でぴしゃりと叱り飛ばした。

「盗み聞きなんて、まったく行儀の悪い嫁だね。あんたがしゃしゃり出る幕じゃあないわよ。部屋に戻んなさい」

「ですが……」

ひそひそと言い返そうとするが、腕をつかまれ、その場からぐいぐいと引き離されてしまう。

「立ち聞きなんて品の悪い真似はおやめなさいと言ってるの。お里が知れるわよ。まあ、あんたの田舎は江戸とは違って、隣近所がうんと離れていたんでしょ。壁越しに話が筒抜けになっちまう家に住むなんざ、思ってもいなかったんだろうけどね」

お里が知れるという一言に、どきりとさせられる。確かに、生まれ育った旗本屋敷では、家族や奉公人の立てる音や話す声も、もっとひっそりしたものだった。

いや、旗本屋敷のことではない。

おもんは、おるうが多摩《たま》かどこか荒っぽい気風の土地に生まれ育った郷士の娘だと信じている。

初めのうち、おるうは、素性を偽ることへの罪悪の念を抱いていた。だが、今となっては、下手を打って何もかもぶち壊しにするのが恐ろしい。幸せだと感じ始めているこの暮らしを手放したくないと思っている。

おるうは素直に頭を下げた。

「はしたない振る舞いをしてしまい、申し訳ございませぬ。しかし、燕七さまも柳造どのも、近頃ずいぶんとお忙しいご様子。力を合わせねばならぬときであるのに、ますます口論が増えております。それが心配なのです」

「忙しいから、いらいらしてんでしょ。虫干しで江戸じゅうの家から蔵までひっくり返されるこの時期と、歳神さまをお迎えするための煤払《すすはら》いをする師走《しわす》には、うちはどうしたってぴりぴりしちまうの。あんたも若おかみなんだから、覚えておきなさい」

違う。おるうは若おかみではない。燕七が佐久良屋の主《あるじ》なのだから、すでにおかみと呼ばれる立場だ。前のおかみであったおもんが、大おかみと呼ばれるべきである。

口答えしかけたが、おるうはやめた。我こそがおかみである、と堂々と名乗るには、できないことだらけだ。言葉遣いだって結局、昔気質《むかしかたぎ》の両親にしつけられたとおりの堅苦しいのが、どうしても抜けない。

思いがけないことに、おもんのほうが「あっ」という顔をして口を手で覆った。そして、行儀悪く舌打ちをした。

「慣れないわねえ。あたしはもう、おかみじゃないんだわ。燕七が旦那《だんな》さまで、おかみさんはあんた。でもねえ、あたしはここに嫁いでくる前の、今のあんたと同じ歳の頃から、小料理屋でおかみさんって呼ばれてたのよ」

ぶつくさとつぶやく。今しがたおるうに若おかみと言ったのは、悪気があったわけではないらしい。

「亡くなられた大旦那さまとお知り合いになる前から、小料理屋のおかみさんだった、ということでしょうか？」

尋ねてみれば、おもんは、つんとした横顔を見せてうなずいた。

「そうよ。自力で身を立てて、一人で働いて生きていこうとしてたのさ。おかみってのはね、誰かの妻っていう意味を持つだけじゃあない。女主《おんなあるじ》ってことでもある。お内儀だの奥方だのと違って、女ひとりでも、店のおかみになれるのよ。あたしはおかみとして、一人で生きてくつもりだった」

齢《よわい》を重ねることで熟していく美しさというものがある、と、おるうは唐突に感じた。おもんは美しい人だ。己の生きざまを見定めていればこそ、こんなふうに凛《りん》と美しく年を取っていけるのだろう。

「おかみは、女主」

「言っておくけどね、佐久良屋のおかみになってからも、気楽に遊び暮らしてきたわけじゃあないんだよ。店の表を担うのは男の役目で、それを率いるのが男の主の務めだ。でも、女主には女主の務めがある。あんた、わかってる？」

「まだ自分が何もできぬことだけは、わかっておりますが……」

「一度でも商いをさせてもらった相手は、必ず名を覚えておくのよ。相手が商家なら、女同士の付き合いってものもある。あんたも、銘茶問屋の吉村屋の若おかみとは出掛けたりしたんだろう？」

「はい」

「そういう付き合いは大事にしな。商いの相手がお武家さんじゃあ気安くは付き合えないけど、代わりの手はある。正月二日からの初売りみたいなときにね、時節のあいさつにかこつけて、ちょっとした贈り物をするんだ。屋号を染めた手ぬぐいと評判の菓子なんかを贈るの。必ず手紙を添えてね」

おもんの字が美しいのを、おるうは知っている。書き慣れている様子がうかがえたが、やはり客との付き合いの中で磨かれてきたのだ。

「わ、わたくしも、お義母《かあ》さまのお手伝いをしとう存じまする」

おもんは鼻で笑った。

「焦りなさんな。そういう前のめりなのは粋《いき》じゃあないわ。あんたはね、もうちょっと肩の力を抜いたがいい。そうね、涼しくなった頃に紅葉狩りでも誘ってあげるけれど、それまでに、その野暮ったさをどうにかしなさいな」

「どうにか、とは？」

「自分で考えるんだよ。あたしの真似なんかしようったって無駄。あんたにゃできっこないの」

言われるまでもない。おるうは自分の不器用さを痛感している。おもんを真似ることも、商家の女を演じることもできない。しかし、手本も示してもらえないとなると、どうすればよいのか。

唇を嚙《か》んで黙ってしまったおるうに、おもんは、はたと思いついたように言った。

「あんただって、やってることがあるじゃないの。あたしの出入りしないところにも、燕七さんと一緒に出掛けてるわ」

「ええ。もともとは大旦那さまが足を運んでいらっしゃったのを、燕七さまが引き継がれたそうです」

「柳原土手の古着屋や、夜逃げの相談役をしてるっていう内神田の小料理屋でしょ。浅草にも伝手《つて》はあるの？」

おるうはかぶりを振った。

「浅草はよく存じませぬ。柳造どのにお尋ねになればよろしいのでは？」

柳造が出掛けていく先は浅草だと聞いている。今日の村正のような名刀を仕入れてくるのも、浅草の質屋から買い取った品だと言っていたはずだ。

おもんは声をひそめた。あたりをはばかったというより、不意に力をなくして声を張れなくなったかのようだった。

「柳造は答えちゃくれないのよ。だから、あんたに尋ねるしかないんじゃない。察しなさいよね」

「それは、柳造どのがお義母さまに隠し事をしておる、ということでしょうか」

「そうね。まいっちまうわ。このところ、柳造が何だか変なのよ。まあいいわ。あんたも、盗み聞きなんかしてないで、さっさと休みなさい」

投げつけるように一言残して、おもんは自室に引っ込むと、ぴしゃりと障子を閉めた。

仏間では、燕七と柳造がまだ言い合っている。燕七の声がずいぶん疲れているように、おるうの耳には聞こえた。

三

薬研堀と呼ばれるところは、今ではおおむね陸になっている。堀、すなわち水路は、ほんの短い名残をとどめているだけだ。昔は大川からの水路が長く延び、矢ノ倉《やくら》と呼ばれた米蔵まで舟で乗りつけられたらしい。

今から百年余り昔、火事で一帯が焼けた後に米蔵は築地《つきじ》に移され、薬研堀は埋め立てられて陸になったそうだ。

薬研堀で評判の料理茶屋ほたる屋に、おるうはずいぶん早めに着いてしまった。夕餉《ゆうげ》はおおよそ暮れ六つ（午後六時頃）からというのが燕七との約束だったが、それより半刻（約一時間）も早い。

あまりに待ち遠しくて、気が急《せ》いてしまった。おるうは、出迎えてくれたおかみの前で、ちょっと小さくなりながら尋ねた。

「こちらで待たせてもらっても、よろしゅうございますか？」

ほたる屋のおかみは、おもんと同じ年頃だろうか。ふっくらとして優しい風貌《ふうぼう》である。その顔をにっこりと微笑ませて、おかみは応じた。

「もちろんいいですとも。お会いしてみたかったんですよ、おるうさん。さあ、どうぞお二階へ。燕七さんがいらっしゃるまで、ゆっくりなさってください」

おるうは、付き人を務めるおすみと嶋吉とともに、ほたる屋の女中の案内で二階に上がった。花火見物にもってこいだと評判の座敷に通される。

開け放たれた窓にはビードロの風鈴が吊《つ》るされ、ちりちりと可憐《かれん》な音を鳴らしている。風が抜ける造りになっているようで、窓辺に寄ると涼しい。

おるうは窓から景色を見晴らした。両国橋の西のたもと、俗に広小路と呼ばれる場所が一望できる。

「すごいにぎわいだな」

両国広小路は江戸屈指の盛り場だ。屋台や露店、見世物小屋がひしめいて、いつでも祭りのよう。川開き以降は、盛り上がりもひとしおである。

広小路は、もともと火除《ひよ》け地として設けられている広場だ。建物をこしらえるのは、ご公儀の定めによって許されていない。ゆえに、広小路に並んでいるのは、いざとなったらすぐに畳んで取り払えるような、簡易な造りの店ばかりだ。

二百年近く前、明暦の大火の折には、大川のあの場所に橋が架かっていなかった。そのため、川べりに追い詰められて焼け死んだ者が大勢いたそうだ。ゆえに、大火からの再建の際には大川に両国橋が架けられ、橋への延焼を防ぐために火除け地が設けられたのだという。

そんなふうに、嶋吉が以前、道案内をしながら教えてくれた。

嶋吉は、おるうが江戸にやって来たばかりだと信じている。だから、冬野家への行き帰りに少し遠回りをしてあたりをぶらつくことがあると、案内役を買って出て、いろんなことを教えてくれる。

両国広小路が設けられた経緯については、おるうも知っていた。それでも、実際に目にしながら語られると、ただ知っているだけとはわけが違ってくる。その場所が持つ歴史を肌で感じられるのだ。

嶋吉は窓辺から身を乗り出し、広小路のにぎわいを指差した。

「前にもお話ししましたけど、あそこに出ている屋台のものを買って食べるのがまた、本当に楽しいんですよ。うまいかどうかっていうより、にぎやかなのがいいんです」

「亡くなられた大旦那《おおだんな》さまに連れていってもらった、と言っていたか」

「はい。あたしはお盆の藪入《やぶい》りのときも帰る家がないもんですから。大旦那さまは毎年、あたしみたいな小僧たちを率いて、遊びに繰り出してくださった。屋台で売られている菓子や天ぷらなんかを食べて、見世物小屋にも行きました」

嶋吉の指差す先に、見世物小屋ののぼりが立っている。目のいいおすみには、のぼりの字まで読めるようだ。

「頭が二つある蛇、オランダ渡りの駱駝《らくだ》、勘定のできる馬、だそうですよ」

「あたしが大旦那さまに連れていってもらったときも、頭のいい馬の芸を見ました。おもしろいんですよ。作り物もあったけれど、本当に珍しい獣もいましたし、火を噴く大男や軽業師もいたなあ。おかみさんは、見られたことがないんですよね？」

「お嬢さまはあの人混みの中に飛び込んじゃあ駄目です。お忍びというものがわかっていない。どうやったって、素町人には見えないんですもの。そんなんじゃ、すりのいい鴨にされちゃいます」

おすみがずばりと言うのを、嶋吉が横で聞いてくすりと笑う。

「そっか。危なっかしいですよね。楽しいばっかりじゃなくて、すりや酔っぱらい、たちの悪い輩《やから》も、あの人混みの中にはうようよしていますから」

「大旦那さまの連れとわかっていればこそ、小僧たちも手を出されずに済んでいたんでしょうけどねえ。何にせよ、お嬢さま、勝手に広小路へ出掛けちゃいけませんよ」

おるうはむくれてしまうが、おすみの言葉が正しいのは自分でもわかっている。むしろ不思議なのは、あっという間に佐久良屋に溶け込んだおすみのほうだ。おるうの嫁入りに従って佐久良屋に移り住むまでは、町場で暮らしたこともなかったのに、誰にも疑われることなく奉公人として馴染《なじ》んでしまった。まるで隠密だ。

と、廊下のほうから声が掛かった。

「失礼いたします」

ほたる屋の女中である。燕七を案内してきたのかと思い、おるうはぱっと振り向いた。

だが、当てが外れた。

「茶と水菓子をお持ちしました」

「そ、そうか。ありがとう」

女中がしずしずと座敷に入ってきて、涼やかな緑色をした煎茶《せんちゃ》と、切って楊枝《ようじ》を刺した瓜《うり》を、おるうたちに振る舞った。

「ごゆるりとお過ごしください」

そつのない仕草でお辞儀をして、女中はすぐに引っ込んでいく。

「燕七さまは、やはり遅くなられるであろうな」

おるうは煎茶をいただきながら、自分に言い聞かせるつもりでつぶやいた。

佐久良屋では、虫干しの頃から続く忙しさがなかなか途切れない。嶋吉も、おるうの付き人として出掛ける直前まで、ばたばたと仕事に追われていた。

忙しいのはよいことだ、とも思う。

燕七はあちこちに呼ばれていき、品の目利きをするわけだが、中には佐久良屋で引き取れないものとも出くわす。値打ちが十分でない、ただ古いだけの品である。

そういった、古道具屋や古着屋に持ち込むべき品についても、燕七はほったらかしになどしない。信用できる商人に話をつないで、きちんと最後まで面倒を見る。

燕七には、先代の絢十郎のような愛敬《あいきょう》はない。だが、当代の主《あるじ》の仕事ぶりは実に丁寧で、なかなか顔も広い。これは見込みがあるのではないか、ということで、客からの評判が上がりつつある。

このことは燕七からじかに聞いたわけではない。番頭たちが話しているのが耳に入ってきたのだ。盗み聞きをするつもりがなくとも、店の造りの都合上、どうしても話が筒抜けになってしまう。

いや、ひょっとすると、番頭たちもおるうや手代らに聞かせるつもりで、あえて大きな声で燕七の話をしていたのかもしれない。佐久良屋で働く者たちも少しずつ、絢十郎亡き後の新しいあり方に向き合おうとしてくれているのではないか。

おすみが瓜の皿を持ち、おるうに勧めた。

「お嬢さま、水菓子もいかがですか？　みずみずしい瓜ですよ」

「食べるのは、燕七さまがいらっしゃってからにする。その瓜は、おすみと嶋吉が食べてしまうとよい」

「あら、そういうことなら遠慮しませんよ。瓜は好きなんです。いただきます」

びっくり顔の嶋吉をよそに、おすみはまったく遠慮がない。瓜を楊枝で刺して口に放り込む。ついでに嶋吉の口にも瓜を一切れ突っ込んでやった。

おるうは、自分にだけ聞こえる声でささやいた。

「燕七さまはきっと、おなかをすかせて働いていらっしゃるだろう。わたくしだけ食べるというのは気が引ける。お待ちしたいのだ」

今日こそゆっくり燕七と話ができるのが、待ち遠しくてならない。

朝餉《あさげ》の折には顔を合わせている。だが、燕七のほうから話しかけてはくれない。仕事のことで頭がいっぱいのときは、言葉が出てこなくなるらしい。

何でもできるようでいて、実は不器用な人なのだ。

そういうときは、おるうが話せばいい。うるさがられるかと思ったが、杞憂《きゆう》だった。燕七は目元を和らげて、聞き役に回ってくれる。忙しいからといって、おるうと過ごす時そのものを厭《いと》うわけではないのだ。

おるうの話は他愛ない。お花の稽古《けいこ》や小太刀術の稽古のこと、荘助の新妻と交わしたおしゃべり、そのときに見せてもらった役者の錦絵《にしきえ》。

「毎日が楽しゅうございます」

そう声に出して告げてみて、ああ、そうだったのか、と自分でも納得した。おるうは今、楽しいのだ。楽しいと感じられる暮らしがあることを、久方ぶりに思い出したかもしれない。

幼い頃は楽しかった。内神田の師匠の屋敷へ出掛けることも、その帰りに神田明神の祭りの神輿《みこし》をたまたま見かけたことも、木登りをしていたら人さらいの悪党を退治する流れになったことも。

思い出す日々は、明るい光に彩られている。

だがいつからか、息苦しくなっていた。旗本の娘として、武家の女として、きちんと務めを果たして生きていかねばならない。それがいかに窮屈でも、あの家に生まれ、父母の娘として育ててもらったからにはきちんとやらねばならない、と己を戒めていた。

あの息苦しさのすべてを捨て、まったくの別人として、今のおるうは生きている。

「佐久良屋へ嫁いできて、ようござりました」

それはまだ、燕七には言えずにいるが。

燕七のことを想うと、思い出す人がいる。おるうはその人がどこの誰なのかを知らない。けれども、幼かったおるうにとって大切な人だった。

かどわかしに遭いかけていた、おるうよりもいくつか年上の少年だ。

瑠璃《るり》の脇差《わきざし》の君、と呼んでいた。一振の美しい脇差、瑠璃羽丸を手紙とともに受け取ったときの胸の高鳴りは忘れられない。素性も知らない少年に恋をしているのだと、あのとき、幼いながらにわかったのだ。

あの頃のときめきなど、とうに忘れていた。祝言を挙げるその日には、幼い頃の淡い想いに「さよなら」と告げた。それがこのところ、おるうの胸に戻ってきている。

「燕七さま……」

互いの家の都合だけで結ばれた婚姻であるはずだった。相手の顔も知らないままに嫁いできた。

それだというのに、おるうは、夫のことを想うと胸が熱くなる。どうしようもなく心ノ臓が高鳴って、くすぐったくなる。

この想いはやはり、恋、なのだろうか。


つらつらと考え事をしているうちに、部屋がうっすらと暗くなってきた。西の空は赤く輝いているのかもしれないが、二階の座敷は東向きだ。早くも夜のとばりが降りてきた。薄闇の空に星が現れ始める。

暮れ六つの鐘が鳴る頃、年嵩《としかさ》の女中が行灯《あんどん》の明かりをともしに来た。

「黄昏時《たそがれどき》と申しますこの刻限は、ものが見えるようでよく見えず、目が疲れてしまいます。いっそ夜の内だと考えて明かりを使うほうが、お客さまには居心地がようございましょう」

ありがとうございます、と、おるうは半ばうわの空で答えた。

そろそろ約束の刻限だ。しかし、虫の知らせとでもいおうか。何だか嫌な予感がする。燕七がこのまま現れないのではないか、と。

嶋吉がさっきから居心地悪そうに、そわそわと腰を浮かしたり座り直したりしている。

「ちょっと遅いですね、旦那《だんな》さま」

「ええ。まだいらっしゃらないんでしょうかねえ」

おすみが応じたときだった。外から、ぱん、と弾《はじ》ける音がした。人々の歓声が続く。

花火が上がったのだ。

おすみと嶋吉は、ぱっと窓のほうを向いた。おるうは逆に窓から顔を背けた。否、それでは足りない。おるうは窓に背を向けた。

嶋吉が遠慮がちに声を掛けてくる。

「あの、おかみさん」

「燕七さまがいらっしゃるまで、わたくしは花火を見とうない」

一緒に見ると約束したのだ。それが楽しみで、約束の日までは夜に外に出ず、空を見上げることもしないと決めていた。

日本橋南にある佐久良屋にも、花火の音は聞こえてくる。奉公人たちは湯屋の行き帰りに大川のほうへ足を向けているようだ。どこそこで花火がよく見えたとか、今宵《こよい》は仙台の伊達《だて》さまの花火だったらしいとか、そんな話をよく交わしている。

燕七が約束してくれたほたる屋まで行かなくとも、花火は見える。だが、おるうにとって、手軽にうっかり目にしてしまうのは、燕七との約束を破ることのように感じられた。

「花火など、まだ見とうない。燕七さまがいらっしゃっておらぬのだ」

窓に背を向けたおるうを前に、おすみと嶋吉が困った顔をしている。

付き人の二人にも、座敷から続きの部屋でちょっとしたご馳走《ちそう》を食べてもらうつもりだった。だが、燕七が訪れず、おるうが何も食べないうちは、二人が料理に手をつけられるはずもない。

おるうが何かをしたいと言いだせば、おすみも嶋吉もどうにかそれを叶《かな》えようとしてくれる。日頃の働きに対するねぎらいを込めて、今日は二人をほたる屋に連れてきた。喜んでもらいたかったのだ。

しかし、燕七がなかなか姿を現さない。

時は刻々と過ぎていく。花火が上がる音も聞こえてくる。おすみと嶋吉はぽつぽつと言葉を交わしていたが、やがて嘆息して黙り込んでしまった。

ほたる屋の女中が何度か様子を見に来た。お料理を召し上がられますか、と遠慮がちに訊《き》いてきた者もいた。だが、おるうはかぶりを振り続けた。

「夫が来ておりませぬゆえ」

「さようでございますねえ……」

ほたる屋のほうも困っているようだった。

しまいには、おかみがみずから出てきて、おるうに告げた。

「お約束の刻限から、もう一刻（約二時間）も過ぎてしまいました。こんなことを申すのは不吉なようですが、佐久良屋さんに何かあったのではございませんかしら」

「知らせは来ておりませぬか」

「来ていません。あたくしどもの店に手すきの者がおりましたら、佐久良屋さんのほうへ様子を聞きに行かせるのですが、この時期は、さすがにちょっと」

「いえ、さようなお手数をおかけするわけにはまいりませぬ。お気遣い、痛み入りまする」

「お膳《ぜん》にお出しするはずだった料理はお包みします。お戻りになって、燕七さんの……旦那さまのご様子をお確かめくださいまし」

「はあ。ですが……」

「行き違いになりましたら、あたくしが追いかけてお知らせしますから。差し出がましいようですけれど、やっぱり、あの燕七さんが大切なお嫁さまをほったらかしにするだなんて、思えませんもの。いくら忙しくても、ねえ」

おかみは絢十郎と古くからの顔馴染《かおなじ》みで、燕七や柳造のこともよく知っているらしい。

親身になって語りかけられ、おるうはとうとう、おかみの言葉に従うことにした。ここで待ち続けるのではなく、佐久良屋に戻ると決めたのだ。空腹のせいか、胃《い》の腑《ふ》がきりきりしている。

急いで重箱に詰めてもらったご馳走を、嶋吉が抱えた。おすみは、しょんぼりするおるうの背中を、そっと優しく叩《たた》いてくれた。

見送りに出てきたほたる屋のおかみや女中に、おるうは頭を下げた。

「お気遣いくださり、まことにかたじけのうございます」

おかみはかぶりを振った。

「いいえ。あたくしどもも、佐久良屋さんがご夫婦でいらっしゃる日を楽しみにしていたんです。燕七さんがお嫁さまのために一生懸命になっているのが伝わってきたものですから。だって、あの頃からの初恋がついに実ったんですものね」

初恋？　あの頃から？

おるうは頭の隅で怪訝《けげん》に思ったが、訊き返してみる気力はなかった。重たく沈んだ気持ちに胸がふさがれ、泣き顔にならないようにするのがやっとだ。

燕七が嘘をついたとか、約束を忘れたというわけではあるまい。おおかた、仕事のために身動きがとれなくなったのだろう。まじめな燕七のことだ。断れない頼みを引き受けてしまったのかもしれない。

きっとそうだ。おかみは、燕七が仕事にかまけておるうをほったらかしにすることなどない、というようなことを言ってくれた。だが、それはきっと、近頃の燕七の多忙ぶりを知らないからだ。

燕七にも事情がある。燕七が悪いわけではない。

それがわかっていても、おるうは悲しくなった。みじめな気持ちにもなった。

駕籠《かご》に乗り込み、簾《すだれ》を下ろして、空が見えないようにして帰路に就いた。

相変わらず空では花火の弾ける音がして、そのたびに江戸っ子たちの歓声が上がっていた。

四

佐久良屋に着くなり、おるうは暗いままの自分の部屋に引きこもった。おすみが着替えを手伝おうとしたが、それも断って部屋から退かせた。

いつの間にか入り込んでいた七夜が、鏡のようにぴかりと光る目をして、おるうにすり寄ってくる。それにかまってやるでもなく、おるうは自分自身を抱きしめた。

手ざわりのよい薄物の小袖《こそで》は、藍染《あいぞ》めの反物で仕立てたものだ。出入りの呉服商である芦名屋《あしなや》が、燕七も同じ職人の手による、よく似た柄の反物で着物を仕立てていると教えてくれた。だから、おるうもこの反物を選んだ。

お揃いだ、と思うと胸が躍った。

仕立て上がった着物を見て、鮮やかすぎない青色が燕七にはよく似合うだろうと、まず思った。おるうにも似合うと、燕七は言ってくれるだろうか。

「燕七さまがどんな顔をなさるか楽しみで……今日、初めておろした着物なのに……」

どうしても目に入ってくる青い着物に、恨めしささえ感じてしまう。七夜はおるうの恨み言などそっちのけで、毛づくろいをしながら喉《のど》を鳴らしている。

空腹で胃がきりきりするのを通り越して、もう何も感じなくなってしまった。

ふと。

にわかに、勝手口のほうから慌てた声が聞こえてきた。

「誰か、手を貸しておくれ！　若い衆はおるか？」

番頭の伊兵衛である。商人としてはいくぶん弱腰にすら見えるくらいの物静かな男が、めったに出さない大声で呼ばわっている。

おるうの部屋は離れになっていて、普段は二階の物音が響いてくることはない。が、このときばかりは、手代たちが大急ぎで階段を降りる足音が聞こえてきた。

「何事か？」

怪訝に思い、おるうも腰を浮かせる。

伊兵衛は今日、燕七とともに出掛けていたはずだ。旗本の屋敷などへ買い取りの仕事に出たときは、佐久良屋に寄らず、まっすぐ長屋に帰ることもある。

その伊兵衛が、こんな遅くになって、慌てふためいて佐久良屋に駆け込んできたのだ。もしや燕七の身に何かあったのではないか。

おるうの部屋のほうへ、風のように衣擦《きぬず》れの音が近づいてきた。足音も立てないひそやかな身のこなしは、おすみだ。

「お嬢さま、すぐに勝手口へ。旦那《だんな》さまのお戻りです。でも、ただごとではないご様子で……」

しまいまで聞かず、おるうは障子を開けて庭に飛び出した。

「燕七さま！」

裾《すそ》をからげて庭を突っ切り、人の集まる勝手口のほうへと飛んでいく。

燕七は、駕籠からどうにか降りたところだった。両側を嶋吉と別の手代に支えられて、ぐったりしながら何とか立っている。

伊兵衛が汗みずくになって、おるうに告げた。

「申し訳ありません、若おかみ。実は、昼八つ（午後二時頃）過ぎに得意先で酒を振る舞われ、若旦那も手前も断りきれずに、付き合い程度に飲みました。そのくらいでしたら、若旦那は酔いなど回りません。顔色も変わらないんですよ。ところが、今日は違いました」

「酔って動けなくなってしまったのですね？」

おるうが確かめると、伊兵衛はしゅんと背中を丸めた。

「へい。むろん若旦那も手前も、若おかみとの約束は覚えておりました。が、若旦那がほんの一、二杯でこのような具合になられ、先方も気を遣って、屋敷の一室で休ませてくださったのですが……」

並みの男より上背のある燕七を運ぶのは、若い手代ふたりでは骨が折れるらしい。わあ、と悲鳴を上げてもろともに転びそうになるのを、力持ちのおすみがひとまとめに支えてやった。

おすみは燕七の顔をのぞき込み、首筋に手を触れ、眉《まゆ》をひそめた。

「やはり。お嬢さま、旦那さまはずいぶん熱がおありです。疲れが出たのか夏風邪か、ちゃんと医者に診せたほうがよいでしょう」

ああ、と伊兵衛が呻《うめ》いた。

「夏風邪か。道理で酔いが回ったわけだ。若旦那が二度ほど厠《かわや》に立ったとき、吐いた様子もあったんです。そのときも赤い顔をしておられたんで、熱があったのかもしれない。駕籠を呼ぶ頃には、顔の赤みはいったん引いていたんですが……」

「暑気に中《あた》ると、体の中の水気が足りなくなって、熱が上がることがあるんです。夏風邪だけでなく、駕籠に揺られている間に暑気中りにもやられてしまったのかもしれません」

おすみと伊兵衛が話しているのを、おるうはほとんど聞いていなかった。耳には入ってきているものの、意味がわからない。

燕七は支えられてどうにか立っているが、妙にせわしない呼吸をくり返すばかり。うっすらと開いた目も、何かを映しているわけではないようだ。

「燕七さま……」

自分の声が頼りない。今にも泣きだしそうな声だ。

おすみが手代たちに告げた。

「このまま庭を突っ切って、旦那さまを離れに運んでさしあげてください。お嬢さま、布団を敷きに参りますよ」

おるうはおすみに手を引かれ、自室に戻った。おるうが普段使っている布団を、二人がかりで大急ぎで敷く。そこへ燕七が担ぎ込まれる。

夫婦の部屋から、伊兵衛や手代たちには早々に離れてもらった。おすみともう一人、住み込みの女中のうちでは年嵩《としかさ》のおまさがやって来て、あれこれ手助けをしてくれた。

おるうは無我夢中だった。横たえたまま燕七の帯を解き、袂《たもと》や懐に入れてあった小物を取り出す。水で湿した手ぬぐいを額に載せてやる。じっとりと嫌な汗をかいている首筋を拭《ぬぐ》ってやる。

燕七は呼吸が浅く、脈が速い。目を閉じてはいるが、眠りは浅く、苦しそうに呻いている。喉に痰《たん》が絡んで、時おり咳《せ》き込む。

おすみとおまさは場を整えると、いったん部屋から下がっていった。おるうのための夜食と、燕七に飲ませる生姜湯《しょうがゆ》などを作ってくるという。

「燕七さま、燕七さま」

声を掛けてみるが、燕七は応じない。

おるうは、ちょっと前までの自分を叱り飛ばしたかった。ほたる屋に現れなかった燕七を責める気持ちで、うじうじしていたのだ。

「わたくしは馬鹿だ。燕七さまが何も告げずに約束を破るなど、あるはずもないのに。きっとわたくしのせいだ。お忙しい時期なのに、わたくしが花火見物の約束を取りつけてしまったから」

胸が苦しくてたまらない。

おるうはまんじりともせずに、つらそうに喘《あえ》ぐ燕七を見つめていた。


夜中に一度、燕七は目を覚ました。おるうはうとうとしかかっていたが、燕七が身じろぎしたのに気づいて、はっとした。

「燕七さま、あの……何か飲まれますか？」

水、と燕七はかすれた声で答えた。

身を起こすのを手伝ってやり、湯呑《ゆのみ》に湯冷ましの水を注いで燕七に手渡す。熱のためか、燕七の手ががくがくと震えてしまうので、おるうが手を添えて水を飲ませた。

燕七は、手助けをしているのが誰なのか、おそらくわかっていなかった。それでも、ありがとうと礼儀正しくつぶやいて、そしてまた眠った。

夜のうちに馴染《なじ》みの医者を呼んで、燕七の具合を診てもらった。五十ほどとおぼしき年頃の医者は、駆けつけたときには蒼《あお》ざめていたが、診療を終えると、安堵《あんど》の笑みを見せた。

「疲れと暑さに体がまいって、熱を発したのだろう。夏風邪の一種だ。疲れておる者、年寄りや子供、体の弱い者にはうつってしまうかもしれんが、佐久良屋の働き者たちは問題あるまい。たちの悪い病ではない。絢十郎どののようなことにはならんよ」

その口ぶりから、絢十郎と親しくしていたのがうかがえた。燕七のことも幼い頃から知っているふうだった。おるうについても知っていたらしく、「あなたが噂の」と目を細めていた。

「絢十郎どのが存命であれば、おるうどのが佐久良屋の嫁に来てくれたことをどれほど喜んだだろう。燕七どのの望みがかなったわけだからな」

もっと余裕があれば、ゆっくり話もできただろう。

だが、おるうは、いつ薬を飲ませたらよいのかとか、喉《のど》の渇きに気をつけるだとか、看病の方法を覚えるので精いっぱいだった。

夜が明け、朝になり昼が訪れ、日が西へ傾き、夕闇が迫って夜が訪れた。

その間、おるうは燕七のそばにつきっきりだった。うたた寝をしてしまったときも、ほんの小さな物音で、はっと目を覚ました。

ぼんやりと目を開けた燕七と、幾度か言葉を交わした。燕七は悪夢の中にいたようで、受け答えはどうもはっきりしなかった。


燕七の熱が下がったのは、七月三日の昼前だった。

夜明け頃から、眠った顔がすっきりとしていたから、そろそろ具合が落ち着いてきたようだと、おるうも感じていた。

ゆっくりと身を起こした燕七は、ぐるりと見渡して、ここが離れの部屋であることを理解したらしい。自分が横になっていたのがおるうの布団であることにも、このとき初めて気づいたようだ。

「燕七さま、おはようございます」

おるうが言うと、燕七は落ち着かなげに目を泳がせた。

「お、おはようございます。その、ずいぶんと、ご迷惑をおかけしたようで」

「迷惑などとおっしゃいますな。燕七さまは丸一日余り、眠っていらっしゃったのですよ。今日は七月三日にございます」

「三日、ですか？」

「ええ。燕七さまが倒れられたのは一日でした。覚えておいででしょうか？」

「一日……そう、七月一日でしたよね。本当は、あの日は……」

「かまいませぬ。仕事は伊兵衛がきちんと差配してくれておりますゆえ、ご心配なく。商家の付き合いで招かれておった昼餉《ひるげ》のことも、お義母《かあ》さまが女房同士のつながりを通じて、うまくまとめてくださりました。佐久良屋はきちんと回っております」

「そ、そうですか」

燕七は、ほどけた髪に触れ、しまったと言わんばかりの顔をし、髭《ひげ》の伸びかけた口元を手で覆った。

うろたえるさまが何となくかわいらしくて、おるうはそっと笑った。

「髪結いを呼ばせましょう。たくさん汗をかいておられましたから、まず沐浴《もくよく》をなさってはいかがです？」

「そうさせてもらいます。ずっと寝ていたためか、背中や腰が痛くて仕方がない。

体を動かしたほうがよさそうです」

「あ、ご無理をなさらず」

ぎこちない動きで、燕七はどうにか立ち上がった。

おるうは燕七の介添えをして、着物を整えるのを手伝った。一昼夜ほどとはいえ、つきっきりで燕七の身のまわりの世話をしていたのだ。その身に触れることへのためらいが消えた。

燕七は部屋から出る間際、おるうの顔をまっすぐに見て、はにかむような笑みを浮かべた。

「ずっと枕元におるうさまの気配を感じていました。申し訳ないことに、ただただ嬉《うれ》しいと思ってしまって……お手数をおかけしました」

燕七が頭を下げようとするのを、おるうは止めた。肩に触れ、顔を上げさせる。

「わたくしがそうしたいと思ったから、そうしておっただけです。燕七さまをお支えしたい一心でした。至らぬことばかりであったかとは存じますが、おそばにいられて嬉しゅうございました」

病み上がりの燕七は、すっかりやつれてしまっている。だが、目には力が戻っていた。

「今日は七月三日でしたよね」

「はい」

「ほたる屋に行けなかったこと、まことに申し訳ありませんでした。おるうさまとの約束を破ったままにはできません。花火のことは少しだけ待っていてください」

かすかに胸が痛んだ。だが、おるうはかぶりを振った。

「花火のことはもう、かまわぬのです。わがままは申しませぬ。燕七さまのお体のほうが大切です。さ、沐浴をなされませ。その間に髪結いに来てもらいます」

「面目ありません。ありがとう」

ありがとう、と燕七が言うのを、そばについている間に幾度も聞いた。熱で朦朧《もうろう》としていながらも、ありがとうと言うのだ。

燕七の心の奥の、最も素朴で柔らかなところに触れている。ありがとうの響きを聞くたびに、おるうはそう感じていた。

いくぶんやつれてしまった後ろ姿を見送りながら、おるうは、ほっと息をついた。

五

七月四日の夕刻、日が暮れかかった頃になって、燕七が何やら風呂敷包《ふろしきづつ》みを手に、おるうを呼びに来た。

「おるうさまは、高いところはお好きですよね」

「ええ、好きです。幼き頃はよく木登りもしておりました」

「だったら大丈夫でしょう。いいところがあるんです。花火を見に行きましょう」

どきりとする。

「花火、でございますか……」

おるうが花火などと言いだしたせいで燕七に無理をさせてしまった。その苦い気持ちはずっと、おるうの胸にわだかまっている。

だが、燕七はおるうの手を引いて裏庭に出ると、蔵のほうへ導いた。庭から蔵の屋根まで、長い梯子《はしご》が掛けられている。

「さあ、上りましょう」

「えっ？」

「頑丈な梯子ですから、怖くはありませんよ。俺が先に行きます。ついてきてください」

面食らうおるうをよそに、燕七は風呂敷包みを片手に持ったまま、ひょいと梯子を上っていく。病み上がりとは思えない身のこなしだ。屋根まで到達すると、燕七はおるうを手招きした。

「どうぞこちらへ。さあ、早く」

ぽかんとしていたおるうだったが、ようやく梯子に手と足を掛けた。思いのほか、一段一段の間が広い。一歩上るごとに、空に近づいていく。

最後の一歩、蔵の屋根に乗り移った。四つん這《ば》いになって、そろりと動く。目指すは屋根の棟だ。ゆるい傾斜を上っていく。

燕七は棟瓦《むながわら》に腰を下ろし、膝《ひざ》の上に風呂敷を置いた。おるうは燕七の隣に腰を落ち着ける。

「木登りは得意でございましたが、屋根の上は初めてにございます」

「恐ろしくはありませんか？」

「まさか。猫にでもなった気分です。高いところは心地ようございますね」

「それならよかった。だんだん暗くなってきますから、気をつけてくださいね」

燕七は風呂敷包みを開いた。中から出てきたのは、握り飯を笹の葉でくるんだものと、竹の水筒、こんぺいとうの包み、そして、ビードロと真鍮《しんちゅう》でできた洋灯《ランプ》だ。洋灯に火がともされる。すでに日は落ち、夕闇が迫っていたところに、洋灯の火がまばゆく輝いた。薄紙を隔てないぶん、提灯《ちょうちん》よりも洋灯のほうが明るい。

ひゅーっ、と風を切る音が聞こえた。おるうは空を仰いだ。

弾《はじ》ける音とともに、空に橙色《だいだいいろ》の尾を引いて、花火が咲いた。

「あ……」

蔵の屋根から見晴らせば、さえぎるものもなく、大川の上空に打ち上げられる花火が望めるのだ。

「悪くないでしょう？」

どことなく得意げな様子で言って、燕七はおるうに握り飯を差し出した。おるうはそれを受け取りながら、こくりとうなずいた。

「ようやくちゃんと花火を見ることができました。燕七さまと一緒に見ると決めておったのです」

「光栄です。お待たせしてしまいましたが」

「この場所は？　燕七さまのお気に入りなのでしょうか」

「ええ。子供の頃、たまにこうして花火を見ていたんですよ。父と柳造と俺の三人で。父が袂《たもと》からこんぺいとうの包みを出してくれて、屋根の上で食べたものです。柳造とは喧嘩《けんか》ばかりだったのに、花火だけは毎年一緒にここで眺めていました」

思い出を語るうちに照れくさくなったのか、燕七はおるうから顔を背けて、握り飯を頬張った。ちょっと乱暴な仕草だ。

おるうも握り飯にかぶりついた。

幼い頃、お師匠さまの屋敷の黐《もち》の木に登り、枝に腰掛けて、こっそり持っていった飴《あめ》を食べたことがある。何の変哲もない飴だったのに、景色のよいところで隠れて食べるだけで、格別においしく感じられた。

燕七にも、似た思い出があったのだ。ほんの些細《ささい》なことだが、なぜだか嬉しい。

花火というものは間遠だ。一発の打ち上げのために、四半刻（約三十分）余りかけて支度をせねばならない。その間遠な花火を待ちながら、意中の人と話をする。それが江戸の花火の真の醍醐味《だいごみ》なのだと、おるうも小耳に挟んでいる。

燕七もそういうつもりでおるうをここへ誘ってくれたのだろうか。

おるうには、燕七の真意を問うてみる決心がつかない。だが、燕七は握り飯を食べ終えても、さあ戻りましょう、などとは言わなかった。

まだ、屋根の上で次の花火を待っていてもよいのだ。

不意に、燕七は改まった調子で切り出した。

「おるうさま」

「はい」

「先日のほたる屋での夕餉《ゆうげ》は、約束を破る形になってしまい、申し訳ありませんでした。謝っても言い訳をしても、その時が戻ってくるわけではありません。ですが、本当に悔しくてたまらない」

「悔しいのでございますか？」

「はい。おるうさまの前でせいぜい格好をつけて、燕七もなかなかの男だと思っていただこうと目論《もくろ》んでいたものですから。それが、蓋《ふた》を開けてみれば、まったく逆ではありませんか」

嘆息する燕七に、おるうはつい、笑みを誘われた。いつもきまじめな燕七が、わずかながら目元を緩めている。

冗談をおっしゃっているのだ。ただ謝るのではなく、冗談を交えながら、ちゃんと向き合おうとしてくださっている。

「わざわざ格好をつけずとも、燕七さまはなかなかの男前にございます。わたくしは初めから、そう思っております」

素直な言葉が、するりと口から出ていった。自分でも驚いてしまう。

燕七もまた驚いているらしかった。ぽかんと目を見開いたと思うと、その目を泳がせ、大きな手で口元を覆ってしまう。

「……おるうさまは、俺をからかっておいでですか？」

「さようなことはございませぬ。わたくしは、嘘も芝居も下手にございます」

燕七は、口元を覆っていた手を下ろすと、そっぽを向いた。夕闇に浮かび上がる、美しい横顔。洋灯の明かりのせいだけではなく、燕七の頬や耳が赤くなっているのが、何となくうかがえる。

怒ってはいない。照れているだけ。

それを見抜けるようになってきたのが、くすぐったくてたまらない。

おるうは深く息を吸い、ふうっと長く吐き出した。己の吐息が妙に甘い。どきどきと高鳴る心ノ臓のせいだ。

「燕七さま」

「はい」

「わたくしは、上等な料理茶屋よりも、こちらのほうが心が躍りました。生来のお転婆でございますゆえ、高いところに上るのが好きなのです」

ほっとしたように、ぽつりと燕七は言った。

「それは、よかった」

おるうは空を仰いだ。

「ほたる屋さんには、また改めて参りとうございます。今宵《こよい》は、いましばらく屋根の上で次の花火を待ちとうございますが、かまいませぬか？」

おるうが言えば、洋灯の向こうで、うなずく気配がある。

「待ちましょう。もっと暗くなるまで待てば、天の川がまたきれいなんです」

「まあ。それは楽しみにございます」

夜はゆっくりと更けていく。両国広小路のにぎわいは、明かりとなって目の端に映る。

おるうと燕七は、ぽつぽつと話したり、ふと黙ったりしながら、屋根の上で花火を待っていた。

第三話　凶刃の気配

一

仲間たちのたまり場だった楊弓場《ようきゅうば》、桃屋《ももや》が急に閉まった。単に閉まっただけでなく、ひとけのなくなった店がめちゃくちゃに荒されている。

柳造はその様子を目の当たりにして、本当にきなくさいことになってきたようだと、はっきりと感じ取った。

「ここに来りゃあ誰かいると踏んだんだがな。くそ、どいつもこいつも音沙汰《おとさた》なくなりやがった。一体どういうことなんだ？」

楊弓場は、矢場とも呼ばれるが、柳で作った小さな弓で客に的当てをさせる遊興の場だ。裾《すそ》をからげて脚を見せた矢場女が、客の手を取って弓の引き方を教え、色気たっぷりに尻《しり》を振りながら矢を拾ってみせる。そういう遊び場である。

浅草の桃林寺門前町《とうりんじもんぜんちょう》にある桃屋は、おゆみという年増女が仕切っていた。桃屋と棟続きになった隣には、鬼ヶ島《おにがしま》という名の居酒屋があって、おゆみの情人《いろ》の岩蔵《いわぞう》が無愛想に酒を出し、ちまちまと肴《さかな》をこしらえていた。

柳造はこの一年余りの間、しょっちゅうこの界隈《かいわい》に足を運んでいた。

「しかしまあ、こいつはひでえな。誰がこんなことをしやがった？」

桃屋は表の雨戸を破られ、荒された屋内が丸見えになっている。亡骸《なきがら》だの血痕《けっこん》だのは見当たらないが、床板は剝《は》がされ、的も壊され、折れた矢が散らばって、無残なありさまだ。隣の鬼ヶ島も同様だった。

寺社があちこちにある浅草は、精進落としの遊興の場としてもまた栄えている。茶屋やみやげ物屋の並ぶ参道からひと筋外れ、薄暗い路地を行けば、楊弓場や賭場《とば》、いかがわしい居酒屋や岡場所へと迷い込むことになる。

柳造が初めてこの界隈に足を踏み入れたのは、二十を超えてからだった。

立ち寄るのは、浅草でも桃林寺門前町にある桃屋と鬼ヶ島だけだ。遊びのためではない。商いのための付き合いだ、と割り切っている。こんな場で身を持ち崩すには、柳造は醒《さ》めていた。

浅草の連中との付き合いが始まったのが、元服したばかりの頃でなくてよかった、とは思う。

十六、七の頃の柳造は、鼻っ柱の強い餓鬼だった。勢いづくと止まれない。つるんでいた同年配の仲間内でも、何度か失敗したものだ。父の絢十郎がそういった場を治めるのがうまかったので、ことが大きくならずに済んだ。
おかげで柳造は、酒にも女にも博打《ばくち》にも鼻が利くようになった。危うい遊興には深入りせず、割り切った付き合いに徹する道を覚えた。絢十郎直伝のやり口だ。うまくやっているつもりだった。だが、こたびはどうだろうか。

「おゆみのやつ、どこに隠れやがった？　ちくしょうめ」

独り言が増えている。その声が震えている。これしきのことで怯《おび》えやがって、と柳造は自嘲《じちょう》した。

いるはずがないとはわかっていながらも、おゆみが情人の岩蔵と住んでいるはずの長屋を訪ねてみた。案の定、もぬけの殻である。

長屋は、桃屋と同じ桃林寺門前町にあり、じめじめとして薄暗い。確か、どくだみ長屋と呼ばれているらしい。その名を思い出したのは、どくだみの白い花が独特の臭気を放っているためだ。

おゆみの居所について、どくだみ長屋の住人に尋ねてみようと思ったが、あいにく誰もつかまらなかった。留守にしていたのではない。部屋の奥で息を殺している気配があるのに、呼びかけても出てこなかったのだ。

「ますますきなくせえ。何が起こってるってんだ」

おゆみは、桃屋に遊びに来る男どもを手玉に取っていた。

柳造の悪友の一人、御家人水田《みずた》家の三男坊である鮎之介《あゆのすけ》も、一時はおゆみに入れあげていた。

おゆみは柳造や鮎之介より八つも年上の大年増だが、確かに、ぞっとするほど色っぽい。割れた裾からのぞく白い脚の肉づきのよさ。目つきはきついが、ぽってりとした唇は愛敬《あいきょう》がある。

鮎之介は、かつて柳造と同じ剣術道場に通っていた仲間だ。妙に馬が合って、元服してからも身分を超えて付き合い、悪い遊びもともにした。

もともと深川を縄張りにしていた鮎之介が、二年ほど前に浅草に拠点を移した。「惚《ほ》れた女がいる」というのでついていったら、おゆみのところに入り浸っていたというわけだ。

鮎之介と似たり寄ったりの、行き場のない若い連中が、桃屋には集っていた。そのわりに喧嘩《けんか》が起こらなかったのは、おゆみがよく目を配っていたからだろう。柄は悪いが、居心地はいい。そんな場所だった。

羽振りもよかったはずだ。桃屋も鬼ヶ島も、気前よく遊んでいく客に恵まれていた。長屋暮らしではあったが、おゆみの着物や帯や簪《かんざし》はいつもなかなかの品だった。

「取り引きでしくじったのか？　手を出しちゃならねえ客から金を巻き上げた？　だから、ほどほどでやめておけと言ったんだ」

おゆみの弟が、あくどいことで有名な金貸しの番頭だった。名は網助《あみすけ》。表向きには愛想がよく、おゆみと同じようにぞっとするような色気も持ち合わせており、見るからに危険な男だ。頭の巡りも速い。

柳造も、おゆみと網助の金儲《かねもう》けの仕組みを知っている。

網助に金貸し業をやらせているのは、浅草の蔵前《くらまえ》に店を構える両替商だ。実に公正で太っ腹な商人だと評判の旦那《だんな》だが、裏ではあれこれとえげつないことをして稼いでいるらしい。

網助が任されている金貸し業も、そのえげつない商売の一つだ。

貸した金を返せない客に、網助は親切ごかしに、手を結んだ質屋を紹介する。そして質屋に値打ち物を預けさせ、それを担保に金を工面させる。

この質屋が曲者《くせもの》で、都合できる金額が大きい代わりに、質流れの期限が通常より短いのだ。

質流れの期限に気づく者は慌ててどうにかするが、気づかない者も少なくない。網助は、質流れという名目で値打ち物を巻き上げては、古道具屋や古着屋、骨董《こっとう》商に売り払う。

定めを犯した商いではない。質草を預かるとき、必ず証文を交わしている。証文には、それが通常とは違う期限や金利による取り引きであることも、きちんと記されている。

「だが、まずいやり方だろうよ。どうやったって人の恨みを買っちまう」

証文の仕掛けに引っかかって大事な質草を流されてしまうのは、武家が多い。網助は、貧しい町人など相手にしない。それなりに経験を積んだ商人ならば、証文のからくりに騙《だま》されたりなどしない。そういうわけだから、家格の高い武家、たいていは由緒ある旗本が、網助の餌食《えじき》となるのだ。

質流れの品の目利きを頼まれたのが、網助と関わることになったきっかけだ。おゆみの仲立ちだった。おゆみの簪や煙管《キセル》がいい品であるのを、たびたび誉めてやっていた。その目ざとさを買われてしまったのだ。

「関わらなけりゃよかった。鮎之介の野郎、おゆみに俺の弱点をべらべらしゃべりやがって」

弱点というのは、ほかでもない。

刀だ。

網助が桃屋の奥で見せてくれた刀は実に見事な銘品だった。柳造はどうしても、その刀を手に取ってじっくり眺めてみたくなった。

蠟燭《ろうそく》をともして橙色《だいだいいろ》の光を映すのが、刃文をより深く味わう一つの方法だ。日の光の下では見えない細かなところまで、よく見て取れる。

「業が深い。刀ってのは、魔性のものだ」

柳造は武士ではない。どれほど見事な刀に出会っても、それを己のものとすることは許されない身だ。

だが、見ることだけは許される。押し形といって、その刀の姿を写し描きの絵にすることも、骨董商ゆえに認められてきた。

その名刀を見たい、描きたいという欲に負けた。

以来、なし崩し的に、網助の商いの一端に携わることになった。質流れして買い上げる運びとなった品の目利きを、柳造が任される。

佐久良屋では、燕七が己ひとりで何もかもやりたがるのでそうさせているが、柳造とて、品の目利きができないわけではない。むしろ、簪や根付、刀の目貫《めぬき》や鍔《つば》といった彫物のよし悪しを判ずるのは、柳造のほうが得意だ。

何しろ燕七は四角四面で、遊び心というものをわかっていない。彫物も正統な題材、すなわち梅や菊や桜、あるいは龍《りゅう》や虎などは評価できるが、子犬や金魚といった変わり種には困ったそぶりを見せる。店の品の並べ方も、型どおりでつまらない。

言ってやりたいことはいろいろあるが、どうせ聞きやしないのだ。だから、佐久良屋では柳造は出しゃばらない。その鬱憤《うっぷん》も、いつしかたまっていた。

「くそ……」

病に倒れる間際の父は、柳造が妙なことに関わっていると察しているふうだった。当然だろう。柳造が仕入れてくる刀剣がいきなり銘品ばかりになったのだから。

それまでは、少年の頃に世話になった剣術道場や手習所の伝手《つて》で、古びた刀や槍《やり》、薙刀《なぎなた》を仕入れてくるのがせいぜいだった。

八丁堀住まいの武家の伝手であるから、刀剣の値打ちのほどもそんなものだ。八丁堀の旦那といえば町場では人気が高いが、武家の中では不浄役人と蔑《さげす》まれる。御目見えが許された身分でもない。家宝でさえ、大したものとはいえない。

それが、網助に関わり始めたばっかりに、大した名家の刀剣を手にできるようになってしまった。父でなくとも、不審の念を抱いたことだろう。

隠し事を腹に呑《の》み込んだまま、柳造は父を見送ることとなった。父が血を吐いて倒れたと思ったら、半月と経たずに葬式だった。人間、あっけないものだ。

「このたびのことも、親父にならば言えたかもしれねえが」

だが、燕七は駄目だ。いけ好かない腹違いの兄と顔を合わせるたび、柳造はむかっ腹が立つ。まともな話ができたためしもない。

それに、父のいなくなった穴を埋めるため、燕七は外に出ずっぱりになった。そのぶん、店の仕事を柳造が引き受けねばならない。客あしらいのために、身も心も時も削られていく。そうする一方で、網助にも呼び出される。気の休まる暇もない。

「俺も、人の恨みを買うことをしちまっている……」

すでに悪党の手先なのだ。それを思い知らされる出来事が、三月ほど前に起こった。

旗本の当主らしき男が佐久良屋の店先に現れた。男はただ、白鞘《しろさや》に納められた一振の刀を見据えていた。立ち尽くしたまま、柳造が幾度か呼びかけて、ようやく応じた。

――そなたが柳造か。この店で刀の目利きをしておるのが、そなたであるな？

暗くて覇気のない男だった。じっとりとした目に光はなく、黒々とした絶望をたたえていた。ぞっとしながらも、柳造は礼儀正しく振る舞った。当店の刀に何か、と問うたが、男が答えたのはまったく別のことだった。

——妻が、拙者の刀を質に入れたことを悔いて、恥に耐えられぬと言うて、喉《のど》を突いて死んでしもうた。

それだけ告げて、まるで亡霊のように、男はふらふらと立ち去っていった。

男とその妻は、網助の仕掛けた金貸しの罠《わな》にかかって、値打ち物の刀を手放す羽目になったのだろう。さらに、悔いと恥を感じた妻が自害してしまったのだ。

悲劇の一端を担ったのは、柳造である。

あの男はそれっきり佐久良屋に現れていない。男のまなざしの先にどの刀があったのか、もっときちんと見ておけばよかった。取り引きの証文はすべて残してあるのだ。刀がわかれば、男の素性もわかったのに。

あれ以来、網助とつながっていることが恐ろしくなった。適当なところで手を切りたいと本気で考えるようになった。

だが、そのままずるずると時を過ごして、今に至る。そして、おゆみの姿が掻《か》き消えたことを知った。みずから行方をくらましたのか、それとも誰かに消されたのか。

「俺は、これからどうすりゃいい？」

柳造は頭を掻きむしった。

どくだみ長屋を後にして、歩きだす。

近くで騒ぎが起こっているようだ。死体が出たという声が聞こえた。土左衛門《どざえもん》でも打ち上げられたのだろうか。ここから東へ少し行ったら、駒形《こまがた》の渡し場だ。

いや、血がどうのという声が聞こえた。ならば、仏が見つかったのは陸の上だ。殺しがあったのだろうか。それとも、いつぞやの旗本の妻のように、自分で命を絶った者がいたのか。

人通りの少ない路地を早足で行き過ぎようとすると、ひときわ狭い横道の奥の暗がりから、なまぐさいにおいがした。腐りかけた肉のにおいだ。野良犬か野良猫か鼠か、何かの死骸《しがい》があるのだろう。

それとも、そこで死んでいるのは、もしかすると。

薄気味悪い予感を抱きながら、柳造はそのまま足早に立ち去った。じっとりとした汗がいつまでも止まらなかった。

二

佐久良屋の女中や小僧がはしゃぎながら七夕飾りを作っていたのは、一昨日《おととい》、七月六日のことだった。紙を切って吹き流しを作り、同じく紙細工の西瓜《すいか》や硯《すずり》や筆、鼓やそろばんなどをこしらえ、短冊に歌を書く。

紙細工で硯やそろばんを作るのは、手習いや芸事の上達を期しての願掛けだ。六日には硯洗いをして、字の上達を願いもする。

星祭りは七月七日だが、笹売りは六日の朝から呼び声を張り上げている。それで、佐久良屋でも昨日のうちから大張り切りだったのだ。

「ああ、見事なものだ」

おるうは、蔵のそばに高々と掲げられた笹飾りを見上げて、思わず顔をほころばせた。

飾りつけをした笹や竹は、長い竿《さお》の先に括《くく》りつけて、屋根より高く立てるものだ。日本橋界隈《かいわい》では、表店《おもてだな》でも裏長屋でもそうやって笹飾りを立てている。あちらでもこちらでも、笹の葉と紙細工が夏の風にそよいでいるさまは壮観だった。

七月七日といえば、そうめんを食べるのが古くからの習わしだ。商家では、付き合いのある店同士でそうめんを贈り合ったりもする。

一日に熱を出して倒れた燕七だが、しっかりと休んだおかげで、七日にはもうすっかり回復していた。もともとそれなりの健啖家《けんたんか》なので、夕餉《ゆうげ》の折、そうめんは腹にたまらない、などとぼやいていていたくらいだ。

晴れた夜空には、天の川がくっきりと見えた。おるうは燕七に誘われ、庭でしばし星空を眺めた。今宵《こよい》もまた花火が上がっていた。

「天の川を挟んで、右岸にある星が織姫《おりひめ》、左岸にあるのが彦星《ひこぼし》です」

燕七が空を指差して教えてくれた。その腕のそばに顔を寄せ、おるうは黙って、きらきらとまたたく星を見上げた。

よく晴れた夜だった。織姫と彦星の逢瀬《おうせ》は叶《かな》ったことだろう。


七夕の翌日は、前夜とは打って変わって、朝からどんよりと曇っていた。

「ひと雨来るのか？」

残暑の厳しい初秋である。打ち水のような雨は、いっそ好ましいかもしれない。

おるうは庭に出て、座敷に飾る花を求めていた。

紫がかった青色の竜胆《りんどう》が朝露に濡《ぬ》れている。凛《りん》と立った姿の美しい花だ。

「燕七さまに似ている」

何となくそう思った。青い花に触れる指が震えてしまう。ほどよい長さのところを鋏《はさみ》で切って、そっと胸に抱えた。

今日はこの竜胆を中心に生けてみよう。立ち姿の凛々《りり》しさを活《い》かしたい。ほんの少し、野趣のある仕上がりにしてみたい。

おるうは庭から母屋へ戻った。

ちょうどそのときだ。

いきなり、表のほうで、わあっと大きな声が上がった。男の子の声だ。と思うと、小僧の亀松《かめまつ》が土間を突っ切って奥に転がり込んできた。

「た、大変だ、ああ、うわぁあ……！」

「亀松、一体どうした？」

「わ、若おかみ、これ、あのっ！　表で、掃除を、えっと……！」

言葉にならない。亀松が差し出しているものを見て、おるうもぎょっとした。

赤茶けた汚れのついた手紙である。汚れの色味に、根拠もないまま、おるうはぴんときた。

「血だ」

ひぃっ、と悲鳴を上げて、亀松は手紙を取り落とした。おるうは花を抱えたまま手紙を拾った。宛名を確かめる。

「柳造どの宛てか。差出人は水田、魚……？　走り書きで、よく読めないな。亀松、表で掃除をしていたのだろう？」

「は、はい。おいらひとりで……ほかの子は、台所の、水汲《みずく》みの手伝いに行ってて」

「そうか。この手紙はどうしたのだ？」

「き、傷だらけのお侍さまが、柳造さまに渡してくれと言って……」

「傷だらけ？」

「へい。おいら、び、びっくりしてしまって、声を掛けることもできなくて……怪我の手当てをしたほうが、きっといいのに、お侍さま、すぐに行っちまって」

「どちらのほうへ去っていった？　日本橋のほうか、京橋《きょうばし》のほうか」

佐久良屋から見て日本橋は北、京橋は南にあたる。行き先がわかれば追いつけるのではないかと思ったのだが。

「き、京橋のほうです。だけど、あっという間に姿が見えなくなったから、どこかの路地に入っていったのかも」

「さようか」

相変わらず土地鑑のないおるうには、その武士を追うことは難しそうだ。燕七なら何かわかるだろうか。確か、今は蔵の中で、客先に持っていくための香炉を見つくろっているはずだ。

嶋吉たち若い手代が二階から降りてきた。通いの番頭たちが店へ来る前に、小僧たちと一緒に掃除をしておくのが日課なのだ。

おるうがいるのに気づいて、嶋吉がぱっと笑顔になった。

「おはようございます、おかみさん。今日は竜胆を座敷に飾るんですね。あれ、亀松？　表の掃除はどうした？」

目をしばたたく嶋吉に、亀松は泣きべそ寸前の情けない顔を向けた。

「それが、あの……」

「着物が汚れている。転んだのか？」

亀松はまだ八つ。小僧の中でもいちばん幼い。飛び抜けた才があるわけではないが、仕事でも手習いでも、こつこつとまじめに向き合える子だ。手代たちも「末の弟」と呼んでかわいがっている。

嶋吉は膝《ひざ》をついて、亀松の顔をのぞき込んだ。

「表で何かあったんだな？」

亀松はこくりとうなずいた。大きく息を吸って吐いて、嶋吉の問いに答えようと口を開く。

だが、亀松は声を呑《の》み込んだ。

部屋から柳造が出てきたのだ。

「……うるせえぞ。てめえら、朝っぱらから騒ぐんじゃねえ」

いかにも不機嫌そうな様子である。寝乱れて緩んだ襟元から、引き締まった胸や腹がのぞいている。

亀松も嶋吉たちも震え上がった。柳造はこのところ虫の居所が悪く、小僧や手代のちょっとした失敗にも激高する。手代の中には柳造より年上の者もいるが、それでも、怒鳴られると恐ろしいらしい。

おるうは、しかし、このくらいは何ともない。亀松たちを背に庇《かば》い、柳造のほうへ進み出る。

「亀松が柳造どの宛ての手紙を預かったそうです。お務めを果たしてくれたのですから、お礼を言ってくださりませ」

柳造は怪訝《けげん》そうに目をすがめ、おるうの手から手紙をひったくった。赤茶の汚れの正体を、柳造もすぐに察したようだ。目つきがいっそう剣呑《けんのん》になる。

「この手紙を誰から預かったって？」

おるうの肩越しに、柳造が亀松に問うた。おるうは振り向いて、怯《おび》えている亀松に告げた。

「答えよ、亀松。先ほどわたくしに申したとおりに」

嶋吉が亀松の背中をぽんぽんと優しく叩《たた》いてやっている。亀松はおどおどしながらも答えた。

「き、傷だらけのお侍さまが、柳造さまにとおっしゃって、この手紙を……えっと、け、怪我の手当てをしたほうがいいのに、おいら、何も言えなくて、すみませんでした……」

柳造は険しい顔をして呻《うな》った。

「傷だらけの侍、か……」

「心当たりがあるのですね？」

「うるせえ」

おるうをひと睨《にら》みし、ぼそりと吐き捨てて、柳造は部屋へ戻ってしまった。滑りのよい障子がぴしゃりと閉ざされる。

誰からともなく、ほう、と嘆息した。柳造が姿を見せている間、手代たちも亀松もひどく気を張っていたらしい。

嶋吉が亀松を促した。

「柳造さまに手紙もお渡しできたことだし、いつものとおりに仕事を始めよう。表の掃除、あたしも一緒に行くよ。まだ済んでないんだろう？」

「へ、へい。まだです」

「じゃあ、手伝うよ」

嶋吉と亀松を先頭に、手代たちは店のほうへ向かっていく。

おるうは、何となく自分の手を見下ろした。

先ほどの手紙についた血は、とうに乾いていた。この手に汚れが移っているはずもない。だが、何とはなしに不吉な気がした。

花を生けた後、客間を後にしたところで、おるうは柳造の後ろ姿を見かけた。勝手口のほうへ向かっている。店を通らずに外に出ようとしているのだ。思わず声を掛ける。

「柳造どの、どちらへ？」

声が届かなかったわけではあるまい。一瞬、柳造は確かに足を止めた。

だが結局、柳造は振り向かず、そのまま勝手口から出ていった。

「やはり、様子が妙だな。一体どうしたというのだろう？」

おるうが佐久良屋へ来たばかりの頃、柳造はもっと、おるうに対して口うるさかった。いちいち嫌味をぶつけなければ気が済まないのか、と思っていた時期さえある。

それがどうだ。近頃の柳造は、ろくに口を開こうとしない。梅雨明け後の多忙な時期は店に張りつかざるをえなかったものの、それが過ぎたあたりから、誰にも何も言わずに出掛けるようになった。

今日もそうだ。先頃おもんが心配していたが、浅草の悪所に足を向けているのだろうか。

店のほうから、伊兵衛が奥へやって来た。帳簿を抱え、きょろきょろして人を捜しているふうだ。おるうと目が合うと、伊兵衛のほうから問うてきた。

「若おかみ、ちょっとお尋ねしたいんですが、柳造坊ちゃまはまだお休みですかね？」

「いや、今しがた、勝手口から出ていってしまった」

「えっ、出ていかれた？　どちらへ？」

「さあ？　おかしな手紙を受け取っておったゆえ、その関わりでは？」

「おかしな手紙ですか」

「小僧や手代から聞かなんだか？　今朝、手傷を負った武士が小僧の亀松に、柳造どの宛ての手紙を託していったらしい。驚いた亀松は、その武士の名を訊《き》けなかった。しかし、柳造どのは心当たりがあるようだった」

「はあ、なるほど。柳造坊ちゃまはお武家さまのお知り合いやお友達も多くいらっしゃいますからな。しかし、傷だらけとは」

「亀松は幼いが、お店者《たなもの》としての行儀をきちんと仕込まれているし、物怖《ものお》じする子でもない。なのに、今朝はすっかり怯えておった。亀松に手紙を託した武士が、それほどひどい怪我を負っておったのだろう」

おるうが伊兵衛と話しているうちに、燕七が蔵から出てきた。香炉が入っているとおぼしき木箱をいくつも抱えている。

「二人で難しい顔をして、一体どうしたんです？」

きょとんとする燕七のために、おるうは再び初めから、柳造が手紙を受け取った経緯を語った。差出人の名をきちんと検《あらた》めなかったことを、今になって後悔している。

「確か、水田何某《なにがし》と読めました。名の一文字は、魚偏の字のように見えたのですが」

「水田に、魚偏の名？」

燕七が眉間《みけん》に皺《しわ》を刻んだ。どこでもないところを、じっと見据えるような目をする。

「お心当たりがおありですか？」

「ひょっとすると、という程度ではありますが。柳造の友に、そういう名の男がいたと思います。八丁堀の剣術道場に通っていた頃の仲間ですから、俺もまったく知らないわけではありません」

その剣術道場は、ずいぶん荒っぽい気風のところだったという。おとなしかった燕七は肌に合わず、稽古《けいこ》に出られなくなって辞めてしまい、今の師匠のもとに通うことになった。

一方の柳造は、その荒っぽさに馴染《なじ》んだ。柳造と古い仲間たちとの縁は、今でもつながっている。柳造は、その伝手《つて》で刀剣や武具を仕入れてくることもある。

伊兵衛は困り果てた様子だった。

「柳造さまが先日、浅草の質屋を介して仕入れてこられた刀について、いま一度、売り値の相談をさせていただきたかったのですが」

「浅草で仕入れてきた刀というと、村正か。あいつの目利きにおかしな点があったのか？」

「いえ、若旦那《わかだんな》さま。あの刀は村正の真作に相違ないと、手前も思っております。真の名刀です。しかし、そうであるならばなおさら、軽々しく扱うわけにもまいりません。仕入れ先である質屋にも、まことに証文が正しいのかと確かめたいのです」

「証文がこちらにあるのなら、疑うものではないと思うが。偽造された証文であれば、伊兵衛はおかしな点を見抜くだろう」

「まさしく。ですが、どうにも嫌な感じがするのです。件《くだん》の質屋の名を、あたしは聞いたことがありませんでした。疑うわけではございませんが……しかし、柳造坊ちゃまのご様子も、近頃どうにも妙ではありませんか？」

おるうと燕七は、何となく目を見合わせた。

燕七は伊兵衛の言い分が腑《ふ》に落ちないらしく、首をかしげた。

「柳造の様子は、そんなにおかしいだろうか？　もともと俺に対しては突っかかってくるばかりだから、よくわからん」

おるうはかぶりを振った。

「わたくしは、伊兵衛と同じ考えです。柳造どのの振る舞いは、どこかおかしいような気がしておりまする。お義母《かあ》さまも先頃から、何かおかしいと感じておられるようでしたし」

「母さんもそう言っていたのですか」

「はい。それこそ、柳造どのが例の村正を仕入れてきた日に、お義母さまがわたくしにお尋ねになったのです。浅草の事情に通じておるか否か、と。柳造どのの出入りしておる先を気にしておられました」

燕七は眉間に皺を寄せた。

「なるほど。勘のいい母さんが以前から何かを察していたのだとすると、俺も気にしたほうがいいかもしれない。少なくとも、今日ここへ来て柳造への手紙を託していった武士のことは、早めに調べたほうがいいでしょうね」

おるうはうなずき、ふと思いついたことを口にした。

「燕七さま、今日は冬野さまのお屋敷へ参る日です。その行き帰りに寄り道をしてきてもよろしゅうございますか？」

豊島町にある望月屋で相談するのはどうだろうか、という提案である。それを「寄り道」と言い表してみた。

望月屋は小料理屋だが、もう一つの顔も持っている。夜逃げを考えるほど追い詰められた者が、望月屋に集う面々を頼って訪れるのだ。

というのも、望月屋のおかみのおクラを筆頭に、顔の広い者たちが店に集っているからだ。一人で抱え込んでいてはにっちもさっちもいかない悩みも、望月屋で相談するうちに、どうにかなってしまう。

燕七は、おるうの言う「寄り道」の意味を正しく把握したらしい。

「柳造の行き先は浅草です。あのあたりのことなら、おきょうさんが何か知っているかもしれませんね」

おきょうの父は目明かしだ。縄張りにしている浅草を中心に、神田や両国のあたりまで、広く事情に通じている。

今日、燕七は都合がつかず、師匠のもとへは行けない。そのぶん、おるうに調べを任せてくれるつもりらしい。

おるうは胸に手を当てた。

「わたくしが、しかと調べてまいりまする」

「よろしくお願いします。水田何某のほうは、俺が調べてきますから」

目元を和らげる燕七に、おるうは胸が熱くなるのを感じた。信用してもらっている。頼ってくれている。そのことが嬉《うれ》しかった。

たったこれっぽっちの言葉を交わしただけで、やる気がみなぎってくる。我ながら、何ともわかりやすいものだ。

三

おるうの外出には、必ず付き人が同行する。おすみと嶋吉という、馴染み深い二人が今日も一緒に来てくれるというので、おるうは考えを打ち明けた。

「帰りに豊島町の望月屋に寄って、一つ相談をしてくる。柳造どののことが引っかかってならぬのだ。お義母さまも以前から気にしておられた。柳造どのがよく足を運んでおる浅草で、何ぞ問題でも起こっておるのではないか、と」

嶋吉は今朝の手紙の一件にもじかに関わっている。それに、日頃から店で柳造の様子を間近に見ていた。ゆえにこそ、真剣な顔で同意してくれた。

「望月屋さんですね。あたしも小僧の頃、大旦那さまのお言いつけでお使いに行ったことがありますよ。目明かしの親分も出入りしている店だと聞きました」

「今はその目明かしの娘御が望月屋の台所を手伝っておるのだ。浅草や神田で起こった出来事には詳しい。柳造どののことも、何かつかめるのではないかと思う」

おすみは、ほっそりした指で顎《あご》をつまんで考えるそぶりをしていたが、やがて口を開いた。

「お嬢さまがお師匠さまのもとで稽古をされている間、わたしは浅草のほうへ出向いて、少し様子を見てきましょう。柳造さまが足しげく通っておられる楊弓場《ようきゅうば》は、桃林寺門前町の桃屋でしたね。その店まで行ってまいります」

おるうは目をしばたたいた。

「なぜ、おすみが楊弓場の名まで知っておるのだ？　お義母さまもご存じないというのに」

「柳造さま贔屓《びいき》の女中たちが噂していたんですよ。よくぞそこまでと感心するくらい、あれこれ調べ上げている娘がいるものですから。むしろ、とうに元服した息子の行きつけの店なんて、おっかさんが逐一知っているものでもないでしょう」

「そういうものなのか」

「そういうものですよ。ほかにも、柳造さまが鬼ヶ島っていう居酒屋に入っていったとか、狐が化けたような風貌《ふうぼう》の妙に色気のある男と一緒にいたとか、そんな話もしてましたね。その狐男、何者なんでしょ？」

嶋吉は、おるうとおすみを順繰りに見やっていたが、おずおずと申し出た。

「おすみさん、あたしも浅草にお供しますよ。楊弓場や居酒屋におなごが一人で出掛けるのは危ういと思います。浅草は、表通りからちょっと外れると、男のあたしでも恐ろしく感じるような路地があちこちにありますから」

嶋吉はおすみの腕っぷしの強さを知らない。おすみは、舐《な》めてかかってくる男など、たやすく打ち倒してのける。お供を名乗り出た嶋吉よりもはるかに強いはずだ。

それでも、おるうはほっとした。

「そうしてもらえると助かるぞ、嶋吉。おすみを一人で行かせるのは、わたくしも不安だ。よろしく頼む」

おるうが嶋吉の目を見て告げると、嶋吉は頰を紅潮させて意気込んだ。

「お任せください！　そういうときのために、男のあたしがおかみさんの付き人の役目をおおせつかっているんですから。あたしがどんなに頼りなく見えても、男がお供してるってだけで、全然違うんですすよ。本当なんですからね！」

言葉の後ろ半分は、おすみに対するものだ。

おすみは、もともと唇の両端が上がった形をしていて、何もしなくとも微笑んでいるように見える。が、その実、本当には微笑んでおらず冷静な目をしていることを、嶋吉は感じ取ったのだろう。

いずれにしても、小太刀術の稽古《けいこ》のために出掛けるついでに、懸案となっていた柳造の周囲についても調べることができそうだ。

あまり大事に至っていなければよいのだが、と、おるうは願った。


しかしながら、悪い予感というものは、なぜだか当たってしまうものだ。

おるうが小太刀術の稽古を終え、湯浴みをして身支度を整えた頃、おすみと嶋吉が戻ってきた。嶋吉のみならず、普段はめったに顔つきを変えないおすみでさえ、怪訝《けげん》そうに曇らせた表情を隠せずにいる。

「何があった？」

おるうが問うと、おすみがひそやかな声で答えた。

「桃屋という楊弓場は閉まっていました。のみならず、ずいぶんと荒されてもいました。何があったのか尋ねて回ると、桃屋の女主《おんなあるじ》の弟が金貸しをしていたそうですが、急に姿が見えなくなり、女主も慌てて桃屋を畳んで姿をくらました、とのことです」

嶋吉が付け加えた。

「金貸しをしていた弟らしき人が、切り刻まれた亡骸《なきがら》になって野良犬に食われていた……なんていう怪談みたいな噂もあるらしいんですよ」

みちるは黙ってそばで聞いていたのだが、ここに来て声を上げた。

「あなたたち、ずいぶんと物騒なことに首を突っ込んでいるようね。無茶はいけませんよ。何事なの？　わたくしに話してごらんなさい」

おるうは、みちるには黙っておくつもりでいた。顔の広い冬野夫妻を頼れば、多少の無茶も通ってしまう。捕り方に動員をかけて、悪党を一挙に叩《たた》き潰《つぶ》すこともできるらしい。

しかし、ことの真相がはっきりするまでは、そんなことはできない。何しろ、柳造が捕らえられる側かもしれないのだ。

もしそうなったときに、どう対処するのがいいのだろうか。柳造を裁きの場に突き出すべきなのか。そのあたりのことが、おるうにはまだ決心がつかない。燕七とも相談しなければならない。

とはいえ、おすみと嶋吉の報告を聞いて、おるうも考えが変わった。もはや悠長なことを言っていられないのではないか。柳造の様子がおかしいのは、命の危機を感じているせいかもしれないのだ。

おるうは、みちるに告げた。

「たまたま首を突っ込む運びとなった事柄ではありますが、思いのほか大事やもしれませぬ」

「浅草の盛り場が関わる何かに巻き込まれてしまったのね？」

「はい。ですが、わたくしや燕七さまではありませぬ。義弟の柳造どのです。柳造どのの様子がこのところおかしいので、店の者も心配しておりまする。それについて調べようということになり、おすみと嶋吉に浅草へ探索をしに行ってもらいました」

そして、柳造の馴染《なじ》みの楊弓場が荒されていたことと、楊弓場と関わりのある金貸しが殺されたらしいことがわかった。しかも今朝、怪我をした水田何某《なにがし》という武士が佐久良屋を訪ねてきて、柳造宛ての手紙を託していったのだ。

「まあ、血なまぐさいこと。柳造さんの身に危険が及ぼうとしているかもしれない、ということかしらね」

「まだはっきりとはわかりませぬが、あるいは」

みちるは大きな目に知性の輝きを宿し、きっぱりとおるうに告げた。

「佐久良屋に戻ったら、今日までにわかったことをお手紙にまとめて、わたくしに送ってちょうだいな。燕七さんともよく話し合ってお手紙を書くこと。店の者たちには、決して無理などさせてはいけませんよ。いいわね、おるうさん？」

おるうは、はっとして背筋を伸ばした。おるうには、守るべき者たちがいるのだ。嫁ぐまでは家族のことだけ考えていればよかったが、佐久良屋はそれよりずっと多くの奉公人を抱えている。この者たちの身に何かあってはいけない。

「お師匠さまのおっしゃるとおりにいたします」

「ええ、そうしてちょうだい。燕七さんにもよろしくね。気をつけてお帰りなさい」

みちるに見送られ、おるうたち三人は冬野家の屋敷を後にした。

望月屋の暖簾《のれん》をくぐると、おかみのおクラと手伝いのおきょうが、おしゃべりをしながら、遅い昼餉《ひるげ》を食べているところだった。

客はいない。勘定方の武士、野江《のえ》六之丞《ろくのじょう》の姿も今日はない。おるうが燕七と二人で来るときには、六之丞は必ずここで飲んだくれているのだが。

おクラが目をぱちくりさせた。

「あら、おるうさん。どしたの？　そちらは、嶋吉さんだっけ。あらら、小僧さんだったのが、ずいぶん立派になって。そっちのお姉さんは、噂に聞くおすみさんかしら。どうぞそのへんに座っててちょうだい」

ぽんぽんと歯切れよく飛び出してくるおクラの言葉に従って、おるうたちは手近な床几《しょうぎ》に腰掛けた。

すかさず、おきょうが麦湯を振る舞ってくれる。秋七月といっても、七夕を過ぎたばかりの今はまだまだ暑い。冷ました麦湯の香ばしい風味が、べたつく暑さの中では心地よい。

おクラとおきょうは、あっという間に昼餉を平らげた。町場暮らしの者は、その気になれば、猛烈な速さで食事や身支度を終えることができるのだ。おるうが佐久良屋に嫁いできて面食らったことの一つでもある。

さて、と、おクラが切り出した。

「相談があるっていう顔をしてるね。この望月屋のおクラさんが聞いてやろうじゃないの」

三人で目配せを交わし、おるうが話し手の役を引き受けた。

「実は、義弟の柳造どのが妙なことに巻き込まれておる様子なのです。先月、土用を過ぎた頃なので十五日あたりでしたが、お義母《かあ》さまから柳造どのの様子について尋ねられました。少し前から何だかおかしいように感じていらっしゃったそうです。近頃は佐久良屋の奉公人も皆、柳造どのの変化に気づいておりまする」

息を継いだところで、おクラが合いの手を入れる。

「様子がおかしいってのは、どんな感じなのかしら。不安そう？　いらいらしてる？　隠し事をしてるように見える？」

「隠し事をしております。それに、いつも不機嫌そうです。不安なことがあって、そちらに気を取られておるふうにも見えます」

「なるほどねえ。それで？」

「今朝、怪我をした武士が柳造どの宛ての手紙を持ってまいりました。武士の姿は丁稚の小僧が見ただけでしたが、柳造どのはその者に心当たりがあった様子。差出人の名は水田何某と見えました。手紙を受け取った後、柳造どのはどこへ行くとも告げずに、店を出ていきました」

水田何某、と、おクラはつぶやきながら、おきょうのほうを見やった。心当たりがあるか、と目顔で問う。おきょうは首をかしげ、懐中していた手帳を取り出してめくり始める。

おるうは話を続けた。

「今日、おすみたちに浅草を調べてもらいました。というのも、柳造どのがたびたび浅草に出掛けていくからです。お義母さまの話では、柳造どのが足を運ぶ楊弓場《ようきゅうば》があるとのこと。番頭の伊兵衛によると、浅草にある質屋から仕入れてくる刀が、ちょっと不思議なほどの銘品揃いであるのだとか」

「どっちも浅草なのね」

「ええ、おクラどの。それで先ほど、おすみと嶋吉に浅草の桃屋という楊弓場の様子を見てきてもらったのです。そちらが柳造どのの行きつけだという話でしたから。ところが、桃屋は荒されていた。すでに店を畳んでおったそうです」

えっ、と、おきょうが声を上げた。

「桃屋とつながりのある殺しなら、今まさに父たちが追っているところですよ。桃屋の女主《おんなあるじ》おゆみさんの弟の、網助さんという人が、かわいそうなことに、切り刻まれて亡くなっていたんです」

おすみと嶋吉が同時に嘆息した。

「あの噂はまことだったんですね」

「まだ下手人がつかまっていないなんて」

おきょうは、近頃起こった出来事や気になる話題、迷子に関する届けなどを手帳に書きつけている。目明かしを務める父の手伝いで、町の噂を聞き集めているのだ。

手帳を見返しながら、おきょうは眉《まゆ》をひそめている。

「仏さんの悪口を言うようで気が引けますが、網助さんは金貸しで、悪い評判もありました。やり方がちょっと強引なので、いつかひどい目に遭うのではないかとささやかれていたようです。しかも、たぶんこたびの件、網助さんだけじゃありません」

「ほかにも亡くなった者、いや、殺された者がおるのですか？」

「顔を潰《つぶ》された亡骸《なきがら》が、桃屋と同じ町内の路地裏で見つかりました。斬り殺された後に顔を潰されたと見られています。桃屋の隣は鬼ヶ島という居酒屋があって、そちらはおゆみさんの内縁の夫が営んでいたんですが、ここも店を閉めたとのこと。さらに、もぬけの殻になったところを荒されているようです」

嶋吉が手を挙げた。

「あたしたちも見てきました。鬼ヶ島も、桃屋と同じような荒され方でしたよ」

おすみが言葉を補った。

「物取りのしわざというより、もっと徹底して何かを探したかのような荒され方に見えました。神棚の裏を検《あらた》めたり、床板まで剝《は》がしたりしてあったようですから」

「よくそこまで見てましたね。あたしなんて、めちゃくちゃにされた店の様子が恐ろしくて、つい目をそらしちまったってのに」

嶋吉が感心している。おるうもそう思う。おすみの度胸の据わり方は並み大抵ではないのだ。

しかし、柳造や桃屋の周辺で何が起こっているというのだろう？　柳造は我が身に危険が迫っているのを感じ取っているのだろうか？

「柳造どの自身に話を聞いてみるのがよいか」

おるうが言うと、おきょうは身を乗り出すようにしてうなずいた。

「話を聞いて、できれば、安全なところに匿《かくま》ってあげてください。取り返しのつかないことになっちゃいけない」

「急を要することだと、おきょうどのも感じるのだな」

「ええ。あたし、父に頼んで、網助さんのことを詳しく聞いておきますね。網助さんがどんなことをして、誰に狙われていたのかがわかれば、柳造さんの助けになるかもしれないから」

おクラは腕組みをして、渋い顔をつくった。

「あんたたちも気をつけときなよ。嶋吉《しまき》っつぁんとおすみさんは、桃屋のことを嗅《か》ぎ回ってきたんでしょ？　妙なやつにそれを見られちまってたら厄介だよ。狙われないとも限らない。用心するに越したことはないからね」

おすみは重々しくうなずいた。

「後をつけてくる者はなかったと思いますが、気をつけておきましょう」

嶋吉は自分自身を抱きしめるようにして、細い二の腕をさすった。

「網助さんという人も、顔を潰された亡骸も、切り刻まれて殺されていたんですよね？　そんな言い方をするってことは、包丁みたいなものでとっさに刺した、とかではなくて……」

「人を殺すために刀を抜いた者がおる、ということか」

おるうは言葉にして、ぞっとした。

下手人は武士かもしれない。

人を斬るというのは、たやすいことではない。

斬るという動きは、人に向かって刀を振り下ろすだけではある。だが、いざその場に立ったとき、本当にそれをおこなえる者がどれほどいるだろうか。

この一連の騒動には、刀というものが密接に絡んでいるらしい。伊兵衛が気にしていた品も、柳造が仕入れてきた名刀、村正だった。

「必ずや、柳造どのを救わなくては」

いけ好かないところのある義弟だ。尊大で意地悪で、口を開けば、いつもきつい言葉を吐き出す。だが、そうやってずけずけと投げつけてきた助言は、きちんと考えてみれば正しいことばかりだった。

柳造は憎たらしいが、その身を滅ぼしてしまえなどとは到底思えない。

おるうは、おクラとおきょうにも気をつけるよう言い、何か新しいことがわかったら知らせてほしいと告げて、望月屋を後にした。

嶋吉が拾ってくれた辻駕籠《つじかご》に揺られて帰り道を行く間、おるうは、晴れない気持ちで悶々《もんもん》と考え続けていた。

四

柳造が八丁堀亀島町《かめじまちょう》にある水田家の屋敷をおとなうのは、子供の頃以来だ。

あの頃、柳造の遊び場は佐久良屋の周囲ではなく、八丁堀だった。武家の子に交じって、稲荷《いなり》などで合戦ごっこをして遊んでいたものだ。

書見ばかりしている燕七を、そんなんじゃ強くなれねえぞと言って連れ出したこともあった。しかし、燕七は嫌がってふてくされるばかりだった。

兄弟仲のいい友がうらやましかった。じきにそんな気持ちも薄れ、燕七とは口も利かなくなったが。

「親父の野郎、最期まで仕組みやがったか」

柳造が再び燕七と言葉を交わすようになったのは、父の急死がきっかけだった。店を回すためには、一日に幾度も顔を合わせ、口を利かなくてはならない。

やはり燕七とは合わない、と感じる。頭が切れるし、何でもそつなくこなせる男だ。そのくせ言葉足らずなのは、柳造も自分と同じくらい頭が切れるはず、とでも思っているせいだろうか。

「察してやれるか、馬鹿。てめえの頭は化け物級だ。自覚しやがれ」

とにかく、燕七はいけ好かない。

かといって、八丁堀住まいの旧友とつるんでばかりもいられない。連中の大半は、長男の務めとして家を継いだり、次男以下でも他家へ養子に入ってそちらを継いだりと、真っ当な武士らしく生きている。

道を踏み外したやつも、いるにはいる。親友の水田鮎之介がそちらへ転がり落ちてしまったのが、柳造の不運の始まりだったかもしれない。

水田家は、南町奉行所に勤める同心の家柄だ。町場で捕物をおこなう華々しい役目ではなく、ごく地味な内勤だと、鮎之介が言っていた。

それでも、ほどほどに実入りのいい役職ではあるらしい。組屋敷は広く、通りに面した垣根の代わりに、中間や小者を住まわせる長屋を備えている。

その長屋の南端の部屋が鮎之介の住まいだ。「巣穴だ」などと冗談めかして言っていた。しかし、古くから奉公している女中にすっかりきれいにされてしまうため、どうも居心地が悪いとも言っていた。

鮎之介は、その巣穴に横臥《おうが》していた。

「おい、鮎之介。邪魔するぞ」

戸を開けて中に入ると、膏薬《こうやく》のにおいが柳造の鼻を突いた。

灰色の髪の老女が鮎之介のそばに控えていた。例の掃除の女中だろうか。老女は、柳造のおとないを受けて立ち上がった。

「お茶をお持ちしますので」

「かまわなくていい。そのままそいつの世話をしてろ」

柳造はかすれ声で答えたが、老女には聞こえなかったらしい。丁寧に一礼して、鮎之介の部屋を出ていってしまった。

鮎之介は横たわったまま、のろのろとこちらを向いた。引きつった顔を、にいっと笑わせる。

「よう。来たのか。情けねえ姿だろ？　でもな、死ぬほどの傷じゃねえらしい。医者がそう言った。死ぬほど痛《いて》ぇ目に遭ったが、まだ死ぬほどじゃねえんだとさ」

「縁起でもねえことを言うな。医者に診せたんだな？」

「おう。この長屋にな、わけありの金創医を住まわせてんだ。そいつに傷を縫ってもらった。はらわたや骨に障る傷は一つもねえそうだ。だから、死にゃしねえよ、俺は。傷を縫われたせいで熱が出ちまってるが、まだ死なねえ」

柳造は草履を脱いで上がり込み、鮎之介の枕元に腰を下ろした。

「今にも死にそうな手紙を寄越しやがって。驚いたじゃねえか」

「面目ねえ。いや、屋敷に帰り着くまでは、いつ後ろから追いつかれて斬られるか、不安で不安で仕方なかったんだ。だってよぉ、綱助さんもその右腕も殺されたんだ。俺、怖くなっちまってよぉ……」

やはり網助は殺されたのか。右腕というのは、用心棒を務めていた屈強な浪人のことだろう。そいつも殺された。

柳造は、鈍痛を発する額を押さえた。近頃、どんなにくたびれていても、深酒をしてみても、どうやったって眠れない。朝方にうとうとする程度だ。おかげで、鈍い頭痛がいつも消えない。

鮎之介は目元が落ちくぼみ、げっそりと頬がこけて、十も二十も歳をとったように見える。幼顔なのを気にしていたのが嘘のようだ。

「熱があるっつったか。痛みは？」

「まだ痛ぇよ」

鮎之介の首筋にも胸にも腕にも、晒《さらし》が巻かれている。すべて清潔なもののようだ。刀傷というものは残酷だ。傷を負ったその場で命をあっさり落とすより、傷が腐ったり病を呼んだりして、後日苦しみながら死んでいくことのほうが多いという。

柳造は、知らず知らずのうちに拳《こぶし》を固く握っていた。手のひらに爪が突き刺さって痛む。だが、拳をほどくことができない。

「鮎之介よ、おめえ、網助さんとどのくらい関わってた？」

「どのくらいって、柳造も知ってんだろ？　俺は、取り立てのたびに、あの人の後ろに立っていた。黙って脅すだけの役だった。本当に立ってただけで、誰にも手出しはしてねえ」

「だが、あの人の手口がまずいことはわかってただろう？　案の定、後ろに立ってただけのおめえも、こうして巻き添えを食らって、あわや殺されそうな目に遭っちまった」

鮎之介が柳造に宛てた手紙は、もしも鮎之介が命を落とすようなことがあれば、それは綱助が斬り殺されたのと同じ下手人によるものだ、と告発するものだった。

綱助がさる旗本に金を貸した。旗本は、膨らんでいく利子に苦しみ、綱助の息がかかった質屋に家宝の刀を託すこととなった。刀を質草として入れる代わりに金を受け取って、借金の返済に充《あ》てたのだ。

しかし、旗本が気づいたときには、家宝の刀を取り返せる期限が過ぎていた。質草として流れてしまったのだ。

その質草こそが、柳造が先日仕入れた村正だった。綱助が紹介してくれた質屋は、いつもかなりの値打ち物を柳造に見せてくれるが、あの村正はこれまでで一番の逸品だった。

柳造は村正に適正な値をつけ、質屋から仕入れた。旗本が苦しんだ借金の額より、柳造が支払った村正の値のほうがはるかに高かったはずだ。

ここまではいつもの流れだった。違ったのは、餌食《えじき》にされた旗本がおとなしく泣き寝入りしなかったことだ。

「旗本の名は、横黒《よこぐろ》家だな？　村正の証文にそう書いてあった」

そうか、と鮎之介は呻《うめ》いた。

「柳造は質屋を介して証文を交わしている。それ、持ってるんだろ？」

「当たり前だ。網助が貸した金に関する証文も、横黒家と質屋が交わした証文も、控えを作って手元にある。意地の悪いやり口ではあるが、証文だけ見れば、きちんとした契約になってんだ」

「おまえは立派な商人だよ。しかしな、柳造。証文ってやつが本当におまえを守ってくれるのか？」

柳造は眉《まゆ》をひそめた。

「どういう意味だ？」

鮎之介は呻いた。熱にうかされて苦悶《くもん》しながら、柳造に真相を告げた。

「逆なんだよ。証文があるせいで村正が奪われた、と敵は考えてる。だから、証文を持ってる網助さんは殺された。証文と一緒に、用心棒の俺への支払いを書きつけた帳簿があって、そいつのせいで俺も狙われた。証文を手元に揃えているおまえは、俺なんかよりずっと危うい。手紙にも書いただろ。地の果てまでも追われるぞ」

「そんな……」

「佐久良屋も危うい。横黒の村正は、佐久良屋にあるんだろ？　桃屋を見たか？　証文を捜してたのか、村正を捜してたのかはわからねえが、家捜しのためによ、床板まで剝《は》がされていたぜ。下手すりゃ佐久良屋があんなふうにされちまうぞ」

柳造は唇を嚙《か》んだ。嚙みしめすぎて、とうに傷ついている。血の味がにじみ、ずきずきするほどに痛むのに、なおも嚙んでしまう。

鮎之介はうなされるような調子で続けた。

「なあ、柳造。おまえ、小太刀術は俺より強い。俺の脇差《わきざし》を持っていけ。そいつで身を守れ」

「できねえ」

「わかってらあ。親父さんに叩《たた》き込まれた信念ってやつだろ。町人風情が刀を抜いて戦っちゃいけねえって。大刀じゃなく脇差であっても、振るうためのそれを持っちゃならねえって。だがな、そんなことを言ってる場合か？　このままじゃ死ぬぞ」

柳造はかぶりを振った。

「俺は、刀を持っちゃならねえ人間だ」

小太刀術の稽古《けいこ》も、父が倒れてからというもの、忙しさにかまけて道場に行かなくなってしまった。今の柳造では、木刀すら満足に使えまい。

鮎之介は言葉を重ねた。

「俺の脇差を持ちたくねえってんなら、誰かに匿《かくま》ってもらえ。横黒が率いてるのは、俺みてえな武家崩れのごろつきだ。しかも、俺よりずっと腕が立つ。人を斬ることに慣れてもいる」

「もういい。しゃべるな。熱があるんだろう」

「嫌だ、聞いてくれ。治る傷だと言われても、怖いんだ。痛ぇんだよ。まともに体が動かねえ。怖《こえ》ぇよ。俺はこのまま弱って死んじまうかもしれねえんだ」

「わかった、わかったから。聞いてやるから、悪いことばかり考えるな」

「斬られるとな、痛ぇんだ。刀を向けられる怖さは、稽古なんかとまるで違う。おっかねえ。俺はさ、見栄《みえ》もへったくれもなく、許しを乞《こ》うたんだ。でも、あの連中、刀を構えたまま笑いやがった。笑いながら斬りかかってきやがった」

すがりついてくる鮎之介の手を、柳造は握り返してやった。異様に熱い。震えが止まらない。

「落ち着け、鮎之介。連中はここまで追ってきやしねえ」

「わからねえよ。おゆみが俺を売るかもしれねえ。おゆみは俺の素性を全部知ってる。八丁堀の水田家の三男で、跡目も継げなけりゃ仕事もねえんだって、何から何までしゃべったんだ。おゆみはよぉ、生き延びるためなら何でもするぜ。俺のこと、きっとあの連中に売るんだ」

「おゆみは姿を消したままだ。抜け目のねえあの女のことだから、とうに江戸から逃げたに決まってる。今さら戻ってきやしねえよ」

「だけどよ、おゆみが俺を売らなくても、網助さんの帳簿があいつらの手にあるんだ。あいつら言ってたぜ。金貸しも質屋も用心棒も、関わったやつは皆殺しだって」

「ただの脅しだ。皆殺しなんて、できやしねえさ」

「できるんだよ。相手は旗本だ。浅草でたむろするごろつきを幾人消したって、黒幕が旗本なら、言い逃れができる。柳造、おまえにもわかるだろ？　俺なんて……不浄役人の三男なんて、いてもいなくても同じだ。こんな身の上だから消されるんだよ」

怖いよ、怖いよ、と鮎之介は幼子のようにすすり泣いている。熱が高く、次第に頭がぼんやりしてきたのだろう。声がだんだんとかすれ、まぶたが閉ざされる。

やがて、柳造にすがりついていた手が力をなくした。鼻が詰まっているせいで苦しげではあるが、鮎之介は寝息を立て始めている。

柳造は嘆息した。鮎之介の傷ついた手を、そっと布団に下ろしてやる。

「次は俺、か……」

つぶやくと、背筋に震えが走った。

五

その晩、おるうは燕七の部屋に押しかけて、遅くまで自室に戻らずにいた。みちるに言われた務めを果たすためである。

「燕七さまとよく話し合って手紙を書くようにと、お師匠さまに申しつけられたのです。きちんと書き上げるまで、眠るわけにはまいりませぬ」

そうですね、と燕七も応じた。

「のうのうと眠りに就く気になれないのは、手前も同じですよ。まったく、あいつは一体、どこをほっつき歩いているのか」

あいつというのは、むろん柳造である。夕餉《ゆうげ》の刻限などとうに過ぎ、奉公人たちが床に入った頃合いになっても、まだ帰ってきていないのだ。

おもんの部屋の明かりは、すでに消えている。

「あたしが気を揉《も》んだところで、柳造は帰ってきやしないわよ。四、五年前の荒れっぷりに比べりゃ、ひと晩帰ってこないくらい、かわいいもんだわ」

そんな気丈なことを言って、おもんは部屋に引っ込んでいった。

広い佐久良屋で、おるうと燕七だけが起きて話をしている。

手狭な上に書物があふれかえっている燕七の部屋にも、ずいぶん慣れてきた。

初めて足を踏み入れたときに比べたら、部屋はいくらか片づいた。散らばった書物を積み直さずとも、おるうが座るだけの場所が、初めから空けられてもいる。

それでも、部屋が狭いことに変わりはない。背の高い燕七がよくぞこの部屋で眠っているものだ、と感心してしまう。どうやって寝返りを打っているのだろうか。

ともあれ、おるうの手元には、おきょうが急いで送ってくれた書付がある。おきょうの父が使っている下っ引きが届けに来たのだ。

綱助という金貸しがどんな手口を使って金儲《かねもう》けをしていたのか、おきょうは調べ上げていた。綱助は借金の相手に質屋を紹介し、その質屋を介して値打ち物を巻き上げ、柳造に目利きをさせて買い取らせていたというのだ。

おるうは、一読しただけでは綱助の金儲けのからくりがわからなかった。燕七に解きほぐしてもらって、ようやくわかった次第だ。

つまり、初めに綱助が相手に貸した額よりも、巻き上げた値打ち物のほうが高価なのだ。借金のかたにいきなり値打ち物を取り上げるのではなく、質屋を間に嚙ませるのは、穏便にことを運ぶためだろう。

おきょうの書付によると、綱助の手口に引っかかるのは旗本が多いようだという。道理だ、と、おるうは思った。

「武家では金勘定のやり方を教わりませぬ。金貸しが取る利息の相場、質屋に刀を預けたときに受け取れる金の相場、請け出しまでの期限、質流れした品につけられる売り値。何ひとつ知らぬゆえ、身を守れぬのですね」

おるうの実家も、下手をしたら、この手の悪党に食い物にされたかもしれない。それが未然に防がれたのは、燕七がおるうをめとる代わりに三津瀬家を援助してくれたからだ。

いずれにしても、おきょうのおかげで、柳造が何事に巻き込まれているのか、ずいぶんはっきりしてきた。

燕七は眉間《みけん》に皺《しわ》を刻んで唸《うな》った。

「つまり柳造は、殺された金貸しの網助と親しくしていたわけですね。近頃様子がおかしかったのも、危ういものを感じていたからか」

「今朝、柳造どのに手紙を届けた武士も、金貸しの網助を殺《あや》めた者に傷つけられたのやもしれませぬ。燕七さま、その武士のことは何かつかめましたか？」

「ええ、昔の伝手《つて》を使ったら、すぐに調べがつきました。水田鮎之介といって、八丁堀に住む同心の三男です」

「ということは、やはり柳造どのの剣術道場の古馴染《ふるなじ》みでしたか」

「そうです。よくある話ですが、三男の鮎之介は、何者にもなれない己の身にむしゃくしゃして、まずは深川、次いで浅草の悪所に入り浸っていたようです。柳造も数年前は深川で遊び歩いていました。後に浅草へ足を向けるようになったのも、鮎之介が仲立ちしたみたいですね」

燕七は、柳造が通っていた剣術道場に赴いて、あれこれ話を聞いてきたらしい。気風が肌に合わず、早々に辞めてしまった道場だから、訪ねていくのが気まずかったようだ。しかし、先方は思いのほか燕七に対して気さくだった。立派になったじゃないかと、燕七が拍子抜けするほど歓迎してくれたという。

残る疑問点は、あと一つ。

「こたびの殺しは、一体、誰が黒幕なのか」

おるうが声に出して言えば、燕七もうなずいた。

「柳造が仕入れてきた刀に関わる武家であることは間違いありません。となると、証文を当たれば、見込みのある者にたどり着けるはずです」

「証文というのは、店で保管しておるものなのですか？」

「刀の仕入れの証文は、佐久良屋で控えを取っています。仕入れ先である質屋の名はわかりますよ。でも、質屋に刀を預けた旗本の名までは、どうかな」

「たどれませぬか？」

「いや、ひょっとすると、柳造なら全部、控えを手元に置いているかもしれない。あいつはああ見えて、帳簿のつけ方などは几帳面《きちょうめん》ですから」

「まあ。人は見かけによらぬものでござりますね」

燕七はちらりと失笑して立ち上がった。

「背に腹は代えられません。見せてもらいに行きましょう」

「見せてもらう、とは？　まだ柳造どのは戻っておらぬはずですが」

「だから、今行くんですよ。あいつが帰ってくる前に、必要な証文を捜し出します」

燕七がきっぱりと言って部屋を出ていく。おるうはぽかんとしたが、慌てて燕七を追って、その腕に抱きついて引き止めた。

「お、お待ちくだされ。勝手にのぞき見るなど、さようなことは、さすがに、やましゅうございます」

すでに皆が寝静まっている刻限である。燕七の部屋から漏れる明かりばかりが、暗い屋内を照らしている。

おるうのひそひそ声に、燕七もささやいて返した。

「やましい、ですか？」

「ええ、やましゅうございますゆえ、わたくしは……」

と、物音がした。

はっとしてそちらを見れば、勝手口のほうから、柳造がゆらりと姿を現した。暗がりの中である。柳造の顔つきなど、到底見えない。それでも、剣呑《けんのん》な目でこちらを睨《にら》んでいるのは感じ取れる。

柳造は、唸るように低い声で言った。

「何がやましいってんだ。てめえら、俺の部屋の前で何をいちゃいちゃしてやがんだ？　ああ？」

「い、いちゃいちゃ？」

あまりにも場に不似合いな言葉である。が、燕七がびくりとして腕を引いたので、おるうは自分がその腕にしがみついていることに、ようやく気がついた。

違うのだ。これは、柳造の部屋へ勝手に入ろうとしたのを止めるためであって、いちゃいちゃしてくっついていたわけではない。

などと訴えたところで、柳造が聞く耳を持ってくれるはずもない。もし訴えを聞いてくれたところで、何のために俺の部屋に忍び込むつもりだったのか、と怒りだすに違いない。

いつも冷静な燕七でさえ、とっさに舌が回らないようだった。

「どけ」

柳造に押しのけられ、道を譲ってしまう。

おるうと燕七の目の前で、柳造は部屋に入り、ぴしゃりと音を立てて障子を閉めきってしまった。

しくじった。いや、柳造の部屋でがさごそとあさっているところで鉢合わせせずに済んだのは、運がよかったかもしれないが。

「ええと……おい、柳造。ちょっと、話があるんだが」

燕七がようやく声を掛けたが、やはり返事はない。

鍵《かぎ》などかけようもない障子である。さっと引いて開け放つこともできるが、燕七は半端に手を差し伸べたところでやめてしまった。おるうに向けてかぶりを振る。

おるうは燕七にささやいた。

「また、明日《あした》の朝にでも考えましょう」

「そうするしかありませんね。お師匠さまへの手紙の見直しをして、俺たちも休むとしましょう」

おるうは、燕七が招き入れてくれる手狭な部屋へ戻った。眠気がふわりと押し寄せてくるが、なすべきことが終わっていない。おるうは頭を振って眠気をごまかし、書きかけの手紙を挟んで、燕七と向き合った。

第四話　初恋の人

一

世に妖刀《ようとう》と呼ばれるものがある。

一説には、伊勢《いせ》の刀工村正の打った刀は人をたぶらかすという。ひとたび鞘《さや》から抜き放てば、人を斬らずにいられなくなる。そんな言い伝えがあるらしいのだ。

文政の世（一八一八～一八三〇）から数えて百年ほど前、吉原《よしわら》の遊郭で百人斬りという大惨事が起こった。下野国佐野《しもつけのくにさの》から江戸へ商いに来た次郎左衛門《じろうざえもん》という男が、八《や》ツ橋《はし》という遊女に入れ込んだ挙句、袖《そで》にされた。その腹いせに刀を振るって、八ツ橋を始めとする大勢を斬り殺したという。

そのときに使われた刀が、村正の手によるものだったらしい。

「馬鹿言うんじゃねえ」

柳造は、そんな与太話を聞くたびに吐き捨てる。

「刀が人に殺しをさせるなんてことがあるものか。人が刀に汚れ仕事を強いるだけだ。戦の世でもねえってのに、人の血なんかで汚すために刀を振るうなんざ、くだらねえ。もったいねえ」

横黒と名乗る旗本がいかほどの家柄か、柳造は知らない。

知っているのは、横黒家に代々伝わる家宝であったという村正の真作が実に美しいことだけだ。これほど見事な刀を手に取って見たのは初めてだ、とさえ言っていい。

伊勢の刀工、千子《せんご》村正の一門は、その地で六代にわたって作刀をおこなっていた。神仏への奉納刀も多く、その年紀によって、初代村正は三百年余り前に活躍していたことがわかっている。

茎《なかご》の銘の切り方を見るに、横黒家の村正は、初代の手によるものだろう。

刃長は二尺四寸（約七十三センチメートル）と、当世の武士の差し料としてはいくぶん長めだ。身幅は広いが、重ねは薄く、反りが浅い。ふわふわとした浮雲の連なるような刃文は、表裏の形が鏡合わせのようにぴたりと揃っている。

地鉄《じがね》が総じて白く明るい。そこに浮雲の刃文が漂うさまは、何とも言えず清らかで、見つめているだけでも心が洗われるかのようだ。

純真無垢《むく》とも大らかとも見える一振だが、初めから宝として屋敷の奥にしまい込まれていたわけではないらしい。物打ちの棟に残る誉れ傷が、かつて戦場で振るわれたことを今に伝えている。

「傷があるのも美しい。誉れ傷がある刀はいいもんだな。刀が、手前の経てきた歴史をほんの少し、俺の目に見せてくれてんだ」

村正が手掛けた刀や槍《やり》は、徳川《とくがわ》の権現さまが三河《みかわ》武士を率いて戦場を駆け巡っていた頃、その三河の勇猛な侍たちの間で広く使われていた。有名どころで言えば、無敗の大将と名高い本多《ほんだ》平八郎忠勝《へいはちろうただかつ》の愛槍《あいそう》、蜻蛉切《とんぼきり》も、村正の手によるものだ。

横黒家に伝わったこの村正も、おそらく、三河以来の忠誠を示す家宝なのだろう。どんないわれがあるのか、目利きをしただけの柳造は知らない。

「逸話も伝説も必要ねえ。この見事な刀身ひとつで、宝は宝と名乗っていい。おまえは本当にきれいだな」

もの言わぬ刀へと、口に当てた手ぬぐい越しに語りかける。無造作に息を吐きかけたり、ましてや唾《つば》など飛ばしたりすれば、鋼の傷みを招くこととなる。それが柳造には許せない。

朝の光の中で、しばし村正の白々と美しい刀身に見惚《みと》れていた。浮雲のごとき刃文の輝きに、悩みも恐れも吸い取られてしまうかに思えた。

柳造は、明け六つ（午前六時頃）の鐘が鳴る頃にはすでに、浅草は桃林寺門前町の奥まったところにある、このどくだみ長屋にたどり着いていた。

日が昇りつつある。戸を閉めていても、隙間だらけの隅の部屋は、あちこちから朝の明るい光が染み込んでくる。

「家宝の刀が愛《いと》おしいんなら、話に乗ってこい。来るはずだよな。こんなにも見事な一振が懸かってんだ。必ず来い。来てくれ」

柳造はつぶやいた。

それから、まるで祈りを捧《ささ》げるようだと気がついて、自嘲《じちょう》の笑みを浮かべた。

桃屋の女主《おんなあるじ》おゆみが情人の岩蔵と暮らしていたのが、どくだみ長屋のこの部屋だ。昨晩のうちに横黒家へ投げ文をしておいた。例の楊弓場《ようきゅうば》の矢場女がとんずらした部屋で待っている、家宝の刀と証文がほしくば来い、と。

ただで返してやる、などとは言わない。武家は沽券《こけん》を気にするものだ。商人ごときに情けをかけられた、と解釈して、かえって面倒事を起こす者もいる。

ゆえに柳造は、正当な額の金を払ってくれれば返す、と提案した。正当な、というのは、質屋の請け出しに必要だった額である。柳造がそれを受け取り、柳造が刀を仕入れた際の証文を破棄する。そういう取り引きだ。

埃《ほこり》が部屋の中を舞っている。朝日に透けるそれは、裏長屋の埃に過ぎないのに、きらきらとして妙にきれいだ。

柳造は、柔らかな布でざっと埃を拭《ぬぐ》ってやってから、村正を白鞘に納めた。そして舌打ちする。

「やっぱり鞘口がちょいと緩いな。白鞘《しらさや》そのものも古くなっている。こんな具合じゃあ、せっかくの刀が湿気にやられちまうぞ。白鞘を作り直したほうがいい。燕七のやつ、忙しさにかまけて、手入れを後回しにしやがったな」

燕七よりも自分のほうがはるかに刀を愛おしんでいる、と柳造は思う。本当は目利きや仕入れだけでなく、手入れをしたり研ぎ師や鞘師と話し合って刀の面倒を見たりと、刀にまつわるすべての仕事を担いたい。

だが、幼い頃に父に定められた役割から外れることが、どうしてもできない。そのわけは、自分でわかっている。

「刀を前にして誓わされたせいだな。俺は武士ではない。刀の主になっちゃならねえ身の上だ。分はわきまえてるさ」

妖刀なるものが存在するわけはないと思う一方、すべての刀が柳造にとっては妖刀に等しいのかもしれないとも思う。

刀というものは、ただあるだけで美しい。柳造は、その美しさに囚《とら》われている。

今この手にある刀こそが、己の命を脅かすきっかけとなったものだ。知人の命を奪い、友の命を脅かしもした。それでも柳造は、刀を疎ましいとも呪わしいとも思えずにいる。

「俺は武士でなくてよかったんだろうな」

刀に触れることが許される身の上であったなら、際限がなくなっていたに違いない。たがが外れ、道を踏み外してまで、あらゆる刀を我が物にしたいと望んだかもしれない。

元来は触れてはならないとわかっている代物だからこそ、崇《あが》めるような気持ちで、刀と向き合える。この手の中に留《とど》まることがないと思い知っているからこそ、刀の商いが成り立つ。

「さあ来い、人斬り旗本め。商人は商人のやり方で、てめえと対峙《たいじ》する。悪縁を切ろうぜ。お互いのためにな」

横黒はきっと来る。

放っておいたら、佐久良屋に攻め込まれるかもしれない。その前に手を打ってやろうと、柳造は腹を括《くく》ったのだ。

取り引きに応じさせ、佐久良屋に累を及ぼさずに済むなら、それでいい。柳造自身のことは考えない。身から出た錆《さび》だ。黙って引き受けるしかあるまい。

「……ちくしょう……」

柳造は我知らず、白鞘に包まれた村正を、すがりつくようにして抱きしめていた。体が震えて止まらなかった。

二

「大変です！　柳造坊ちゃまがどこにもいらっしゃいません！」

初めにそのことに気づいたのは、番頭の伊兵衛だった。朝一番に、店に並べた品の確認を始めたところで、あっと声を上げたのだ。

刀が一振、足りない。それも、このところ気に掛かっていた例の村正だ。

柳造が部屋に持ち込んでいるのかもしれない、と伊兵衛は考えた。それしか考えられない、というよりも、そう考えてしまいたかった。

伊兵衛は不吉なものを感じながらも柳造の部屋を訪ねた。そして、柳造がいないことに気がついた。例の村正も、その取り引きの証文ももろともに、店からなくなっている。

「案の定です。こんなことが起こるやもしれんと恐れておりました……」

震えながら告げる伊兵衛に、奉公人たちも青ざめている。

亀松が、今にも泣きだしそうな顔をしていた。

「も、もしかして、昨日の朝においらがあんな手紙を預かっちまったからですか？　柳造さまは、あのお侍さまみたいに……？」

昨日店先に現れた傷だらけの武士のことは、すでに奉公人全員が知っている。柳造の様子が近頃おかしいのもきっとあの武士に関わりのあることだろう、と誰もが察していた。

しかし、まさかいきなり柳造が姿を消してしまうとは。

おるうは柳造の部屋の前で、青くなった伊兵衛と、眉間《みけん》に皺《しわ》を刻んだおもんとともに立ち尽くしてしまった。

目に涙をためた亀松は、気を利かせた嶋吉が店のほうへ連れていってくれた。時は待ってくれない。もうじき客がやって来る刻限になる。奉公人たちは店を開ける支度をしなければならない。

柳造の部屋の障子は開け放たれている。当人は不機嫌で荒れていたのに、部屋がすっきりと片づけが行き届いているのは、もともとそういう性分なのだろう。

「お義母《かあ》さま」

おるうが声を掛けると、おもんはキッとした目で振り向いた。

「あんた、昨日、浅草のほうに行ってきたんだってね。柳造の件でしょう。何かつかんだの？」

「それは……」

何と言って説明すべきだろうか。どんなふうに言いつくろったところで、柳造が危うい仕事に首を突っ込んでいたことは隠しようがない。そのために命が危ういらしいことも、知らせねばならない。

息子のそんな話を聞かされて、この人は大丈夫だろうか。倒れてしまうのではないか。

ところが、おるうの心配をよそに、おもんはぴしゃりと言い放ったのだ。

「柳造がたちの悪い連中と付き合ってるってんでしょ。そんなことはとっくに知ってるの。包み隠さず、さっさと話しなさい。柳造ひとりの問題なのか、佐久良屋まで巻き込まれちまいそうなのか、それによって打つ手が変わるんだからね！」

背筋が伸びる思いがした。義母の腹の据わり方を見くびっていたかもしれない。商家の女は、武器を振るう力は持たないかもしれない。だが、弱々しく守られるばかりの存在などではないのだ。

「申し訳ありませぬ。お話しいたしまする」

と、ちょうどそこで燕七が自室から出てきた。伊兵衛の叫びを聞いて一度顔を出し、すぐに自室に引っ込んでいたのだ。

燕七は、まだ墨の乾いていない書付をおもんのほうへ差し出した。

「母さんも目を通してください」

「何だい、これは」

「小太刀術の師匠へお送りする手紙の写しです。昨夜までにわかったことを、ここにすべて書き出してあります」

おもんは、差し出された書付をひったくるように手に取った。ぶつぶつと声に出しながら確かめていく。

「柳造の友達が入れ込んだ矢場女が、とんだ女狐だったってわけ。女狐の仲立ちで、柳造と金貸しがつながっちまった。質屋を間に噛《か》ませて武家の家宝を巻き上げていた。この金貸しが騙《かた》りをやってたんなら、うちもまずいわね」

伊兵衛が口を挟んだ。

「お、恐れながら、あたしも柳造さまにその点を申し上げたことがございます。質流れの刀を仕入れてこられるようになった頃に、どこの質屋ですか、まともな店なんですか、と」

「それで、柳造は何て答えたんだい？」

「柳造坊ちゃまは、形の整った証文の控えをお持ちでした。ちゃんとした商いで仕入れてきたし、目利きも値つけもまともだとおっしゃったんです。あたしは証文を確かめて、柳造坊ちゃまのおっしゃるとおりだと判断しました」

「伊兵衛がそう見たってんなら、書面は問題ないでしょうね。訴えられたって、佐久良屋はおかしな取り引きをしたわけじゃあないって言い切れる」

燕七は腕組みをした。

「問題は、敵がすでに刀を振るっている点です。証文だの商売だのと話をすることを、あちらはすでにやめている。証《あかし》を挙げて論を立てれば、こちらの言い分が通る。だから、敵は網助たちの口を封じる道を選んでしまった。そういう相手なんです」

おるうはぞっとした。最悪の情景がどうしても脳裏に浮かんでしまう。

「柳造どのは、村正と証文を持って、出ていってしまった。それらを使って相手と取り引きをしようと考えておるのでは？　しかし、相手はすでに、そんなところを超えてしまっているとなると……」

　さすがのおもんも息を呑《の》み、震える手から書付を取り落とした。

しんとしてしまった。柳造が一人で敵と渡り合おうとしているのはおそらく間違いないのだと、ここにいる皆が感じている。

　真っ先に動きを取り戻したのは、燕七だった。

「今から冬野さまの屋敷に行って、助力をお願いしてきます。敵は旗本だ。町場で罪を犯しても、多少のことは揉《も》み消してしまえる権威を持っている上、人を斬ることを厭《いと》わない者を使ってもいる。こんな危険な者を相手取って動けるのは、冬野さまだけでしょう」

「わたくしも、ともに参ります！」

　おるうは、いても立ってもいられなかった。燕七は目元を和らげた。

「お助けいただけるのなら、心強い」

「すぐに支度をしてまいります」

　部屋に飛び込み、手早くたっつけ袴《ばかま》を身につけたおるうは、守り刀の瑠璃羽丸を木刀とともに帯に差し、燕七と連れ立って日本橋の通りを駆けた。

三

冬野家の屋敷は、おるうと燕七が到着したときには、すでにどことなく物々しかった。普段よりも人が多い。それも、襷《たすき》をかけて鉢巻を締め、手甲や脛当《すねあ》てまで身につけた男たちが額を突き合わせ、ああだこうだと相談をしているのだ。

「まるで戦支度でございますね」

おるうが思わずつぶやけば、燕七もうなずいた。

「さすが、お師匠さまは動きがお早い。昨日、おるうさまがお師匠さまにお話ししてすぐに、手を打ち始められたのでしょう」

おるうと燕七は、冬野家の女中の案内で母屋のほうへ赴いた。その女中も袴姿で、腰に脇差《わきざし》を帯びている。身のこなしがきびきびとした人だ、とは思っていたが、やはり小太刀術の使い手であるらしい。

みちるは、壮年の大柄な武士を左右に従えて、おるうと燕七を出迎えた。

「おるうさんも燕七さんも、朝早くから駆けつけてくれたのね。ご苦労さま。昨日お願いしたお手紙も、ちゃんとまとめられたのかしら？」

常と変わらずゆったりとした師匠の語り口に、おるうは焦《じ》れて前のめりになった。

「柳造どのが姿をくらましたのです！　昨日、金貸しが斬り殺されていたという話をお聞きになったでしょう。その金貸しとも関わりがあると思われる刀と証文を持って、柳造どのがいなくなりました」

　みちるが眉《まゆ》をひそめた。

「何てことかしら。ことは一刻を争うのかもしれないと感じてはいたけれど」

　燕七が口を開いた。

「柳造が持ち出した刀は、初代村正の真作です。旗本の家宝だったものが、金貸しの策によって質に入れられ、質流れしたところを柳造が買い取った。この一件が禍根を生んで、金貸しが殺されました。その取り巻きの者たちも襲撃されています」

「次に狙われるのは柳造さんかもしれない。ところが、その柳造さんが問題の刀と証文を持って、敵の懐に飛び込みに行ったらしいということね」

「お師匠さまは、黒幕である旗本の正体をご存じですか」

「見当はついているわ。その者の屋敷のまわりにも見張りを立てています。もし柳造さんがそちらへ向かったのなら、知らせが来てもおかしくはないけれど」

　燕七は、舌打ちしたいのを抑え込むように顔を歪《ゆが》めた。その顔が柳造にそっくりで、二人はやはり兄弟なのだと、おるうは感じた。

「では、柳造どのはどちらへ参られたのでしょう？」

食い縛った歯の間から、燕七がつぶやいた。

「浅草でしょう。因縁の場所へ相手を呼び出して話をつけようという腹だと思います。あいつはそういうやつなんです」

みちるは得心したようにうなずいた。

「燕七さんがそう感じるのなら、きっとそうなんでしょう。浅草探索の人手を増やして、なるたけ早く柳造さんを見つけましょうね。おるうさん、燕七さん、二人もそちらに向かうつもりだったのかしら？」

「むろんにござります！」

「そのつもりです」

同時に答えたおるうと燕七に、みちるは左右に控えた大柄な武士を紹介した。

「昔の門下生の、阿之介《あのすけ》さんと吽之丞《うんのじょう》さんよ。目付のお役目に就く兄上さまを陰から助けているの。おるうさんと燕七さん、浅草へはこの二人と一緒に向かってちょうだい」

阿吽《あうん》の通り名を持つ二人は、仁王像のように屈強で、顔つきも彫りが深く厳《いか》めしい。頬に火傷《やけど》の痕《あと》があるのが阿之介で、向こう傷があるのが吽之丞だ。

おるうと燕七は手短に、阿吽の二人にあいさつをした。そして、改めて確かめておくべきことを言葉にする。

「お師匠さまたちも、浅草を騒がせておる一連の出来事については、あらかたのことをご存じなのでござりますね。そして、黒幕である武家の正体もつかんで、その先の手立てまでも講じていらっしゃる」

阿之介と吽之丞の兄は目付だという。目付は、ご公儀のお役に就いた武家を監視するのが務めだ。疑わしき武家に罪科があるとわかれば、ふさわしい処断をすべく若年寄に案を呈する。

その目付にも、こたびの件については話が回っている。阿吽の二人がここにいるのはその証左だ。

みちるも阿吽の二人もうなずいた。

燕七が、持参してきた手紙を差し出した。

「お師匠さま、こちらに経緯をまとめています。柳造は確かに、殺された金貸しの網助と関わりがあります。ですが、いかがわしい取り引きなど一切おこなっていない。こたび命を狙われているのは、単なる逆恨みです。柳造は守られるべきです」

阿之介が手紙を受け取り、ひざまずいて、みちるの前に文面を広げてみせた。みちるは素早く目を通し、一つうなずくと、手紙を改めて手に取った。

「おおよそ、聞いていたとおりのようね。柳造さんが進んで罪など犯していないこと、もちろん信じますとも。さあ、ぐずぐずしている暇はありませんよ。すぐに浅草へ向かいなさい。夫がそちらで待っていますから」

堂右衛門の姿が見えないと思えば、すでに現場へ向かっていたのだ。

「浅草のどちらへ？」

確かめるような口調で、燕七が問うた。思い描いていたとおりの答えが、みちると阿吽の二人から返ってきた。

「桃林寺門前町の、荒された楊弓場《ようきゅうば》、桃屋の跡を目印に」

おるうと燕七はほとんど同時に、承知しました、と応じた。

みちるは、然《しか》るべき相手につなぎをつけるため、屋敷に残って采配《さいはい》を振るという。

おるうと燕七、火傷痕の阿之介、向こう傷の吽之丞は、神田川に架かる筋違橋《すじかいばし》を渡って一路東へ、浅草へと走った。


朝の通りはにぎやかにごった返している。

今から仕事場へ向かおうとする商人や職人。朝餉《あさげ》のおかずとなる青菜などを売り切って、ほくほく顔で帰ってくる棒手振《ぼてふ》り。開けたばかりの店の前で呼び込みをする小僧。江戸の名所図会《めいしょずえ》を手にきょろきょろしている旅人。

平穏そうな顔をした人々は、血相を変えて走るおるうたちに驚いた様子で道を譲る。

そのうち人をはね飛ばしてしまいそうだ、と思っていたが、盛り場の界隈《かいわい》に入った頃には、あたりの様子が変わっていた。夜にこそにぎわう盛り場は、朝の光の下で静まり返っている。

駆ける足を止め、用心しながら歩き始める。

「寺社の門前には遊興の地が広がるものと聞いてはおりまするが……」

出しっぱなしにされた看板は、春画と見まがうほどにきわどい絵が描かれている。おるうはぎょっとして目を背けた。

「ここからは拙者が先導しよう」

阿之介が案内を買って出た。おるうと燕七が後に続き、殿《しんがり》を叶之丞が固めてくれる。

歩を進めていくと、背の高い垣根に囲まれた寺があった。かと思えば、間口の狭い店がひしめく一角に行き会う。おるうがだんだん馴染《なじ》んできた日本橋や神田の明るい通りとは、どうにも様相が違う。

阿之介がぼそりとおるうに告げた。

「気をつけなされ。このあたりの路地裏は、朝でも昼でも日の光が届かぬ。薄暗いところへ引きずり込まれてしまったら、何が起こるかわからぬぞ」

然り、と吽之丞が応じた。

おるうは、左手で瑠璃羽丸の鞘口《さやぐち》を握った。鍔《つば》に親指をかける。首筋がちりちりする。焼けつくような、不穏な気配。気息を整え、勘を研ぎ澄ます。

ふと。

物音が聞こえた。

「何か来る」

おるうが鋭く言い、一行がぴたりと足を止め、身構えた。

直後、刀の打ち交わされる音が聞こえた。右前方の路地の奥からだ。入り乱れる音はたちまちこちらへ近づいてくる。

阿吽の二人が、そしておるうが、刀を抜いた。

「来たぞ!」

覆面をつけた男が三人、刀を振るいながら路地から転がり出てきた。刀を構えるおるうたちに気づく。声はないが、ぎょっとした様子がはっきりと伝わってきた。

隙だらけだ。

おるうはぱっと飛び出した。最も近くにいた覆面男は小柄だ。その肩口に瑠璃羽丸を打ち下ろす。形としては袈裟《けさぎ》斬りだが、峰打ちだ。じゃりっという、奇妙な手応《ごた》えがあった。

「鎖帷子《くさりかたびら》か」

だが、思いきり叩《たた》きつけた一撃は、鎖帷子越しにも覆面男に少なからず痛手を与えたらしい。おるうは間髪をいれず、瑠璃羽丸の柄頭《つかがしら》で覆面男の側頭を殴りつける。相手は昏倒《こんとう》した。

おるうの横合いから「くそ!」という罵倒《ばとう》が聞こえた。覆面男の一人がこちらに切っ先を向ける。

「させるか!」

燕七が、覆面男の腕を木刀で狙う。覆面男が下がって躱《かわ》す。燕七が追撃する。

だが、小太刀形の木刀と抜身の大刀では、いくら何でも斬り合いなどできようはずがない。覆面男もすぐさまそう思ったらしく、鼻で笑う気配が伝わってきた。いたぶるかのように、刀を上段に構える。

と、がら空きになったその胴をめがけて、おるうは自分の木刀を投げつけた。

「えい！」

「ぐわっ」

みぞおちに木刀の切っ先を受けた覆面男は、体をくの字に折って悶《もだ》えた。その小手を燕七が打つ。覆面男は刀を取り落とす。さらに背中を打ち据えられ、覆面男は地に伏した。

「お見事」

ぼそりと言った叶之丞は、すかさず覆面男を後ろ手に縛り上げる。路地から飛び出してきたもう一人は、阿之介があっさり打ち倒していた。

一件落着か。

そう思ったが、これで終わりではなかった。同じ路地の奥から、今度は覆面の乱れた格好の男が、折れた刀を手にまろび出てきた。おるうたちに囲まれていると知り、後ずさる。

「ひっ……！」

だが、路地に戻っていくこともできない。

なぜなら、白髪の髷《まげ》を結った小柄な老剣豪が悠々と姿を現したからだ。老剣豪は覆面男越しにおるうたちを認め、にっと笑った。

「おお、おぬしらも来ておったか」

言わずと知れた今卜伝、冬野堂右衛門である。飄々《ひょうひょう》とした笑みのまま、堂右衛門はさっと踏み込み、覆面男の肩口から勢いよく斬り下ろした。

血しぶきは上がらない。

「刃引き刀か」

切れないように刃を潰《つぶ》した、稽古《けいこ》用の刀である。肉を断つことはできないとはいえ、堂右衛門の一撃をまともに受けたのだ。鎖骨も肋骨《ろっこつ》も砕け、臓腑《ぞうふ》を揺さぶる衝撃を受けたことだろう。覆面男は声もなく倒れ伏した。

堂右衛門は、形だけの血振りをして、刀を鞘に納めた。

「皆、落ち着いておるな。結構結構」

路地の奥から堂右衛門の手勢が三人、抜身の刀を手に駆けつけた。すでに幾戦か交えてきたのだろう。疲れが見える者もいる。

おるうは瑠璃羽丸を鞘に納め、堂右衛門に向き直った。

「堂右衛門先生、ご助勢ありがとうございます。わたくしたちが動きだすよりも先に、いち早く戦ってくださっておったのですね」

「我が屋敷のほうが佐久良屋よりも戦場に近かったというだけよ。おぬしらがみずから乗り込んできたのは、やはり弟御、柳造どのの件か？」

「はい。柳造どのの行方がわからぬのです」

「何じゃと？」

目を見張った堂右衛門に、燕七が呻《うめ》いた。

「堂右衛門先生も、柳造の姿を見ておられませんか」

「見ておらぬ。弟御は、さらわれたというわけではあるまいな？」

「その線はないと思います。手前とおるうさまは昨夜遅く、柳造が佐久良屋に戻ったのを確認しています。それからしばらく起きていましたが、特に物音はせず。おそらく、手前の部屋の明かりが消えたのを見てから、柳造は刀と証文を持って佐久良屋を出たのでしょう」

「みずから敵の陣中に乗り込んだというのか」

「そういうやつなんです。あいつは敵を因縁の場所に呼びつけようとしている、と手前は読んでいるのですが」

堂右衛門は懐から紙片を取り出した。絵図である。寺の名や通りの名が書き込まれている。

「このあたりの切絵図じゃ。儂《わし》らが今おるのがここ。桃屋と鬼ヶ島の跡地にまず行ってみたが、こそ泥一匹おらなんだ。次に、金貸しとその手下の亡骸《なきがら》が見つかった二か所を順に巡っておったら、この覆面の連中と出くわしたわけじゃな」

一戦交えてあらかた打ち倒し、逃げた者もここでおるうたちが足止めし、全員を捕縛するに至った。喧嘩《けんか》剣法を使うごろつきも交じっていたが、きちんと稽古を積んだらしい使い手もいたという。

絵図には、あと一か所、印がついたところがある。燕七が指差した。

「ここは何ですか？」

「どくだみ長屋と呼ばれておるそうじゃ。桃屋の女主《おんなあるじ》が住んでおったのだとか。まだここには行っておらぬ」

「そこかもしれない。ただの勘に過ぎませんが」

阿之介が、弟の叶之丞を指差して言った。

「きょうだいにまつわる勘は、得てして当たるものだ。燕七どのがぴんと来たのなら、そちらへ急ぐべきだろう」

まさしく、と叶之丞が応じる。

堂右衛門は切絵図を畳んで懐にしまった。

「ほかにあてがあるわけでもない。まず行ってみるがよかろうて」

燕七は息を整えると、先陣を切って駆けだした。

おるうは離れないよう、ぴたりと燕七について走る。幼い頃のほうが身が軽く、どこまでも駆けることができた。息が切れて脚が重い。

だが、休みたいと音を上げそうな心を叱咤《しった》して、おるうは懸命に走り続けた。

四

「来たか」

柳造はつぶやいた。どくだみ長屋の最奥の部屋だ。

土を踏みしめる足音が聞こえてきた。男の足音だろう。幾人かがこちらに向かってきている。

足音が部屋の表で止まった。二言三言、小声で交わされる。それから、がたつく戸が開けられた。

正面に立っているのは、腰に二刀を差した袴姿《はかますがた》の男だった。いかにも武士らしいいでたちである。覆面をしているため、人相はうかがえない。ほかに何人か、男の背後を守るようにして表で控えているのが見える。

二刀差しの男が敷居をまたいで土間に入ってきた。

「我が屋敷に投げ文をしたのはおまえか」

くぐもった声が、そう言った。存外若い声だ。

柳造は唾《つば》を呑《の》み込んだ。いつの間にか、ひりつくほどに喉《のど》が渇いている。その喉を励まして、きっぱりと答える。

「さようにございます」

「村正は」

「こちらに」

柳造は、村正を収めている桐箱の蓋《ふた》を外してみせた。男が草鞋《わらじ》のままで三和土《たたき》を上がってくる。鞘書《さやがき》にある千子村正の名を、男の目がとらえるのがわかった。

「まさしく。証文も揃えてあるだろうな」

男の覆面は、苧麻《ちょま》で織られた上布だろう。ごく薄手の上等な布地である。光の当たり具合によってはすっかり透けて、顔立ちが見て取れそうだ。

先ほど、男は「我が屋敷」と言った。まさか当主の横黒惣八郎《そうはちろう》本人ではあるまいが、その血縁の者に相違ない。当主の息子だろう、と当てずっぽうに思い描く。

柳造の頭に浮かんだのは、鮎之介だ。

年に数度といった程度だが、奉行所の捕物の応援のため、内勤の父とともに鮎之介が現場に駆り出される。嫡男である長兄ではなく、三男の鮎之介に声が掛かるのだ。

何しろ、長兄に何かあっては一大事。他家の婿養子となった優秀な次男とは違い、そんなときにしか家の役に立たない三男なのだ。嫡男である長兄の代わりに体を張るくらいしか、鮎之介が家のために果たせる役割がない。

上布の覆面をしたこの男も、もしや鮎之介と同じではないのか。次男以下の厄介の身を養ってもらう代わりに、浅草の裏長屋にまで出向いて汚れ仕事をさせられているのではないか。

顔が引きつって歪《ゆが》むのを感じた。笑いが込み上げてきたのだ。自分も同じだと思うと、どうしたって、乾いた笑みの形に頬がねじれてしまう。

家を継ぐ立場にはないのに、当主の役に立ってみせ、それで家に居着くことを許されている。なんてみじめったらしい身の上なのだ。

不満があるなら家を出て、独り立ちすればよい。たとえば、柳造に父ほどの度量と才覚があったなら、燕七などそっちのけで我が道を行けただろうに。

上布の男が気配を荒らげた。

「何をにやついておる、この小人めが！」

「申し訳ありません」

「金なら持ってきてやった。拾え」

上布の男は懐から袱紗《ふくさ》の包みを出し、柳造のほうへ投げて寄越した。擦り切れた畳の上で、袱紗がほどけて中身が散らばる。

紛れもなく本物の小判だった。ざっと目を走らせて数えるに、柳造が伝えたとおりの額を用意してきたようだ。すなわち、質草にされた村正を請け出すための額である。

上布の男は荒っぽい手つきで、束になった証文を拾い上げた。

「ふん、こんなもののために家宝を奪われ、我が家門が恥をかかされたとはな」

吐き捨てるように言って、肩越しに証文を放り捨てる。空になった手で、桐箱から村正を取り上げた。

そして、上布の男はいきなり、柳造を蹴《け》りつけた。

「ぐッ……！」

とっさに腕で庇《かば》ったが、柳造は吹っ飛ばされた。狭い部屋である。薄い壁に背中からぶち当たり、息が詰まる。

「この私に逆らったな。小癪《こしやく》な！　おまえごとき小人は、黙って蹴られておればよいのだ！　この滓《かす》が、ごみが！」

腹を蹴られ、頭を踏みつけにされる。みしり、と頭蓋《ずがい》が軋《きし》むような音を立てた。柳造は呻《うめ》きながら、どうにか上目遣いで相手の顔を見た。

「と、取り引きは……」

「薄汚い金貸しの手先が、調子に乗るな！　かような掃きだめまで出向いて、取り引きに応じてやったではないか。十分に満足したであろう」

「何だと？」

「口答えは赦《ゆる》さぬ。今より先は、おまえにとって、罪を償うための余生だ。我が家門に泥を塗ったことを大いに悔やみながら死ね！」

さらに二度、三度と足蹴《あしげ》にされながら、柳造は歯を食いしばって耐えた。

くそ野郎め。己の失態を棚に上げて、何が罪だ。何が償いだ。結局、てめえのちんけな沽券《こけん》のためだけに、網助を斬りやがったのか。鮎之介に怪我をさせやがったのか。それでも飽き足りず、俺をも殺そうってのか。ちくしょうめ。

腹の中で悪態をつく。

さんざんに蹴って憂さ晴らしをした上で斬るつもりか。てめえ自身が腰の刀を抜くのか。取り巻きの連中に斬らせるのか。

それとも、浮雲のような刃文の村正を、俺なんかの血で汚そうってのか。

「やめろ、それだけは……」

祈るように、嚙《か》みしめた歯の隙間からつぶやいた。

村正をけがすな。ふんわりと白く美しく清らかで、誉れ傷の凜々《りり》しいその刀を、こんなところで、こんなくだらねえ騒動のために、振るっちゃならねえ。

若い男の声が降ってくる。

「こやつ、まだそんな小癪な目をするのか！」

つ、と血がひと筋、耳のあたりから口元へ垂れてきた。あちこちが痛む。どうにかまぶたを開けようとするが、焦点がうまく合わない。

もう駄目かもしれない。このままでは、なぶり殺される。十代の頃にさんざん喧《けん》嘩《か》もしてきた。おかげで勘も養われた。その勘が、先ほどから「駄目だ」と告げている。

逃げようったって、駄目だ。無駄だ。多勢に無勢だし、すでに痛めつけられすぎている。立って走って逃げることはできまい。

冷たいものが背筋を這《は》い上がってきた。俺は死ぬのだと痛感すると、叫びたくなるほどに恐ろしかった。

そのときだ。

いくつかのことが同時に起こった。

複数の闘志、剣気が入り乱れてぶつかり合った。そして声が聞こえた。

「柳造！」

父の声かと思った。自分の声にも聞こえた。だが、にじむ視界に映ったのは、この世で最もいけ好かない、腹違いで幾日か年下の兄、燕七の姿だった。

五

おるうたちは、どくだみ長屋に踏み込んだ。

「やはりここであったか！」

おるうの声に、先ほど捕縛したのとそっくり同じような覆面男が三人、はっとこちらに向き直った。

だが、遅い。

「裁きを受けてもらうぞ、悪党諸君」

堂右衛門が飄々《ひょうひょう》と告げるのと、刃引き刀が閃《ひらめ》くのが同時である。目にも留まらぬ速さの抜きつけだった。鋭い一撃を受けた一人目が、なす術《すべ》もなく倒れた。

左右に散った阿吽の兄弟も、慌てて応じようとした二人目と三人目を難なく封じ、あっさりと畳んでしまった。表を見張っている連中は、これで片づいた。

六つの部屋が並ぶ長屋は、最奥の部屋を除いて、戸がぴたりと閉ざされている。人の気配はあるが、様子をうかがいに出てくるでもない。我関せずを決め込んでいるのだろう。

唯一、戸が開いている奥の部屋からは、人が激しく動く物音が聞こえてくる。

「燕七さま、きっとあちらです！」

おるうが指差すと、燕七はまっしぐらに奥の部屋へと駆けていく。

「柳造！」

燕七が叫んだ。

おるうも息を切らしながら、燕七を追いかける。

奥の部屋には二人の男がいた。立っているのは、薄布の覆面をずらして顔をさらした若い男。その男の足下で、柳造がうずくまっている。小判と証文が部屋に散らばっている。

柳造が身じろぎした。男のほうへ手を差し伸べ、何事かを呻いた。

男は白鞘《しらさや》の刀を手にしている。桐箱から取り出したところなのか、鞘の中ほどをつかんでいる。その拳《こぶし》のすぐ脇、古びた白鞘の鞘書きに「村正」の字が見えた。

わずかな間、時が止まったかのように感じられた。互いの様子を確かめるための、ほんのつかの間の空白である。誰もが動きを止めていた。

次の瞬間。

動いたものがある。

刀が、白鞘からひとりでに飛び出した。男の手をすり抜けて、朝の光にきらめきながら、くるりと躍ったのだ。

ひゅ、と風の唸《うな》る音がした。覆面から剝《む》き出しになった男の顔を、白々とした刃《やいば》が撫《な》でた。

刀が畳の上に落ちた。

「う、うわぁぁああ！」

男が白鞘を放り投げ、顔を手で押さえて絶叫する。よろめいて後ずさると、刀の入っていた桐箱に足を取られ、無様に尻《しり》もちをついた。

おるうはわずかな間、ひとりでに舞った刀に目を奪われていた。

「刀が柳造どのを守った……？」

そんなふうに見えたのだ。

いや、今はそちらに気を取られている場合ではない。

おるうは瑠璃羽丸を抜いて構え、土間から古びた畳へひらりと上がる。

「く、来るな！」

男は立ち上がれないまま、しかし、強引に腰の刀を抜き放った。顔の傷から流れた血が目に流れ込み、まぶたをほとんど開けられない。うわああ、と叫んで、めちゃくちゃに刀を振り回す。

その刀の切っ先が壁にめり込んだ。男の手はまだ刀の柄《つか》をつかんでいるので、動きが封じられた格好である。

好機だ。

「やァッ！」

瑠璃羽丸を峰に返して、男の小手を打つ。男の手から刀が離れる。

堂右衛門の指図《さしず》が飛んできた。

「急所を蹴飛《けと》ばせ！」

「はい！」

加減なしで、思いきり、勢いをつけた足を振り抜いた。違《たが》うことなく、的を射止めた。男は声もなく、泡を噴いて動かなくなった。

おるうはぱっと振り向いた。

「柳造どの、お怪我は？」

問うてはみたものの、さんざん痛めつけられたらしいのがわかって、おるうは顔をしかめた。

柳造は、月代《さかやき》やこめかみのあたりから幾筋もの血を流している。髷《まげ》が解け、着物もめちゃくちゃだ。

しかし、柳造には我が身よりも大切なものがあるらしかった。なりふり構わず、畳の上に放り出された刀に飛びついたのだ。

「ああ、村正！」

刀身を抱き寄せ、手探りで白鞘をつかむ。片方のまぶたが切れ、血が目に流れ込むせいで、あまりよく見えないらしい。

燕七が息を整えながら、柳造の傍らに膝《ひざ》をついた。ちょっと迷うような間があって、燕七は言った。

「生きていたか」

あんまりと言えば、あんまりな台詞《せりふ》だ。安堵《あんど》を込めた一言ではあるものの、いかにも言葉足らずである。案の定、柳造は鼻を鳴らした。

「今まさに、くたばりそこねたところだ。生きてて悪かったな、このお節介め」

一言目をしくじったのは燕七だが、この憎たらしい返しはどうだ。おるうは額に手を当てた。いつものとおり、燕七もまた棘《とげ》のある言葉で柳造に応戦する。

「お節介だと？　俺は佐久良屋の主《あるじ》として当然のことをしているだけだ。おまえを助けに来たわけじゃない。おまえが持ち去った店の品と証文を取り戻しに来たんだ」

「ああ、そうかい。そいつはご苦労。俺がここで片づいてりゃ、一挙両得だったのにな」

「そんな言い方をすることもないだろう。おまえが片づいていたら寝覚めが悪いだけだ。証文を奪われてはいないだろうな？」

「証文ならそこだ。散らかされて汚れたが、すべて揃ってるはずだ。確かめろ」

「わかった」

立ち上がろうとした燕七の腕を、柳造がつかんだ。

「待て。それより刀の手入れだ。血や肌の脂がついたままになったんじゃ、村正が傷んじまう。俺も血まみれだから駄目だ。おまえが持て。早く」

「は？」

「この白鞘も口が緩んでて具合が悪い。こんなんじゃ湿気にやられる。すぐに作り直させろ。これほどの名刀を傷ませちゃならねえだろ。こいつは初代村正の真作だぞ。そんじょそこらのなまくらとは比べ物にならねえ出来なんだ」

刀について語り始めた途端、柳造の言葉に熱と力がこもった。

ぽかんとしていた燕七が、ふっと笑った。

「そうだった。おまえ、刀のこととなると、こんなふうだったな」

「こんなふうとは？」

おるらが問うと、燕七は柳造から村正を受け取りながら答えた。

「昔は、刀のことだけは話が弾んでいたんですよ。父を間に挟んで、名刀談義といいますか。俺は刀にまつわる伝説や逸話を話すのが好きで、柳造は刀身そのものの美しさを語りたがった。自分で手掛けた押し形を見せながら」

押し形というのは、刀の姿をそのまま紙に写し取り、軟らかい炭などを使って刃文の形を描き込んだものだ。よほど根気があって目がよく、何より刀が好きなのでなければ、押し形は作れない。

柳造は、村正とその白鞘を燕七に託すと、全身の痛みを思い出した様子で呻《うめ》いた。おるうは柳造の傍らに膝をついた。目に流れ込む血を手ぬぐいで拭《ぬぐ》い、額の傷をそっと押さえてやる。

「痛むでしょう？」

「さんざん蹴《け》られたからな。とはいえ、はらわたを潰《つぶ》されちゃいねえだろ。そこまでやられてたら、血を吐いてくたばってらあな」

そんなことを言いながら、柳造はおるうの手当てを素直に受け入れている。強がった態度を保ってはいても、本当はかなりつらいのだろう。

吽之丞が、部屋に散らばった証文と小判を集めてきてくれた。

「証文はこれですべてだろう。拾い集めた小判の額も、ここに書かれているとおりだと思うが、燕七どのも確かめてくれ」

「承知しました」

阿之介は、おるうがさっき急所を蹴って倒した男を縛り上げ、覆面を外した。男はまだ気を失っている。

「どうやらこの男が人斬り集団を率いておったと見てよいであろう。残党がおるやもしれぬゆえ、警戒は解けぬが、あとは目付の務めだな。我らが兄に引き渡す。禍根など残さず、佐久良屋に害の及ばぬよう、うまくやるつもりだ」

燕七は深々と頭《こうべ》を垂れた。

「本当にありがとうございます。このご恩は忘れません。佐久良屋がお役に立てることがあれば、何なりとおっしゃってください」

「うむ、頼りにしておるぞ」

堂右衛門は鷹揚《おうよう》に笑い、ぽんと手を打った。

「ひとまずは、これで一件落着といったところかの。大事に至る前に、弟御を救い出せてよかった。どれ、その村正を拙者に見せてごらん。確かに、悪党の血なんぞで錆《さび》が出ては一大事だ。よき刀は大切にせねば」

燕七が堂右衛門の手に刀を委《ゆだ》ねるのを見届けると、柳造は小さく微笑んだ。

「やっぱりきれいだ」

子供のように素直なことをつぶやく。そのまま背筋の芯《しん》を抜かれたように、畳の上に倒れ伏した。

「柳造？」

燕七がぎょっとした顔で呼びかける。柳造は、眠い、と呻きながら目を閉じた。

おるうは柳造の口元に手をかざしてみた。次いで首筋の脈を取り、ほっと微笑んで燕七に告げる。

「呼吸も脈も大事ないようです。単にくたびれたのでございましょう」

「何だ、まったく驚かせてくれるものだ。しかし、こいつもずっと気を張っていたはずですからね。さて、こいつをどうやって連れて帰ろうか」

「しばらくは動かさぬがよろしいでしょう。頭を打っておるやもしれぬゆえ、怪我人はみずから動けるようになるまで、寝かせておくのが吉にございます」

かつて師匠夫妻に教わったことを口にする。

それを聞いて、阿吽の二人が同時に腰を上げた。

「寝かせておくのがよいのなら、我らがこの長屋の差配に話を通してまいる」

「部屋代と布団代を支払って、ここで休ませてもらおう」

外では、堂右衛門が率いていた手勢に加え、みちるが寄越した応援も合流し、捕物の片づけを始めたようだ。怪我人の有無を確かめに来た男に、堂右衛門が柳造のことを告げている。

燕七が大きな大きな息をついた。

おるうはそっと燕七の背中をさすった。

「ご苦労さまにございます」

燕七は顔を上げ、破顔した。笑うと、えくぼができるのだ。おるうは、こんなときだというのに、燕七の笑顔に見惚《みと》れてしまった。その笑顔ひとつで、疲れが吹き飛ぶようだった。

六

町人が罪を犯した場合、奉行所のお白洲《しらす》でお裁きが下される。罪人に与えられる罰は、まるで見世物のように衆目の中でおこなわれるものも少なくない。

それに対して、武家が与えられる処罰は秘密裏にことが運ぶものだと、おるうは実感した。

「お取り潰しの沙汰《さた》が、すでになされた？　騒動からまだ五日しか経っておらぬうちにでござりますか？」

佐久良屋の裏手の木戸口へ、ことの次第を知らせに来た叶之丞は、黙ってうなずいた。仔細《しさい》は手紙に書いてあると身振りで告げ、さっと離れていく。

夕暮れ時である。

店と蔵とを行き来していた嶋吉が、木戸のところで立ち尽くしているおるうに声を掛けた。

「おかみさん、先ほどのお侍さまは……」

「ああ、もう帰られた」

「ええっ、お茶の支度をしているところだったのに、勝手口でご用を済まされてしまったんですか？　まいったな」

「互いの格式にとって、ふさわしくない振る舞いだったか。すまぬ。お引き留めして、客間にお通しすべきだった」

とは言ってみたものの、阿吽の兄弟は、目付を務める兄の耳目および手足として隠密のような立ち回りをしているらしい。大店《おおだな》の客間になど、きっと上がりたがらないだろう。

「先ほどのかたは、一体どちらさまだったんです？」

「冬野さまのお使いだ。言伝《ことづ》てをするためにいらっしゃった。柳造どのの件で凶刃を振るった者らはすべて、黒幕もろとも、厳しい裁きが下された。ゆえに、もう心配はいらぬとのことだ」

手紙の内容をざっくりと告げてやった。

横黒家はお取り潰しとなり、黒幕であった当主惣八郎は切腹。下手人連中を率いていた次男にも、切腹の「温情」が下された。身分の低い罪人のように衆目の中で首を刎《は》ねられなかっただけ、まだしも配慮された沙汰だった。

覆面をしていた手勢は、まとめて町奉行所に引き渡されたらしい。出自は武家でもお役に就けず、町場での荒事を生業《なりわい》にするしかない者たちだった。やくざ者が暴れたのと大差ないとみなされ、目付ではなく、町奉行所の領分となったのだ。

町奉行所のお裁きは、どれくらい厳しいのだろうか。おるうが敵対したのは、やすやすと刀を抜いて暴れた不届き者どもだった。とはいえ、ひょっとして今回のことで打ち首となった者がいるのだろうかと考えると、何だか恐ろしい。

黙ってしまったおるうに、嶋吉は人の好《よ》い笑顔をつくった。

「悪人にお裁きが下されたのなら、ほっとしましたよ。あたしのように腕っぷしがからっきしの者にとっては、お役人さまのお裁きが頼りなんです。悪人を野放しにせずにいただけるなら、安心です」

「そうだな」

「柳造さまのお怪我も大事には至らなかったし、お友達の鮎之介さまも元気になってこられたそうですね。これで本当に一件落着ですね。ああ、よかった」

おるうも笑顔をつくってうなずき返しながら、嶋吉が言うのとは別の意味でも、ほっとしていた。やっとぎくしゃくせずに話ができるようになったのだ。

騒動の当日は、佐久良屋の者たちに総出で怒られ、しかも泣かせてしまった。それがもう、おっかなかったし、恥ずかしくもあったし、どうしようもなく申し訳なくもあった。

あの日、おるうと燕七は、すっかり日が沈む頃になってようやく帰り着いた。打ち身だらけで熱を出した柳造は、戸板に寝かせて、冬野家の門下生たちに運んでもらった。

おるうと燕七、そして柳造の姿が佐久良屋に近づいてくるのを最初に気づいた亀松が、大声を上げて店の皆に知らせた。おもんが店を突っ切って表に飛び出してきた。伊兵衛もまた飛んできて、へなへなと座り込んだ。

皆が言葉にならない声を上げる中、嶋吉が顔を真っ赤にして、おるうに向かって怒鳴った。

「なぜ連れていってくれなかったんですか！　足手まといだからですよね、わかってます。それでも、いざというときに盾になるくらいはできます。皆がどれだけ肝を冷やしながらお帰りをお待ちしていたか、ちょっとは慮《おもんぱか》ってください！」

嶋吉の訴えは、まさに皆の思いを代弁するものだったのだろう。怒鳴った勢いのまま涙目で主《あるじ》夫妻を睨《にら》みつけていても、誰ひとりとして、嶋吉のことを失礼だと咎《とが》めなかった。

おもんは柳造に取りすがって目を潤ませていたかと思うと、勢いよく頬をひっぱたいた。

伊兵衛は珍しく怒り、大声を出して「坊ちゃまたちのやんちゃ」を叱り飛ばした。おすみはじっとりとした目でおるうを責め、連れていってもらえなかったことへの愚痴を繰り返した。

そんなこんなで、おるうも燕七も柳造も、しばらくの間、実に居心地の悪い時を過ごす羽目になったのだ。後先考えずに飛び出した自分たちで蒔《ま》いた種ではあったのだが。

叶之丞がもたらした手紙を燕七に届けに行こうとしたら、部屋にはいなかった。

「外には出ておられないはずだが」

きょろきょろしていると、仏間のほうから、燕七と柳造の声が聞こえてきた。

仏間は風を通すべく障子が開け放たれている。燕七はまた絢十郎の日記を持ちだして、仏間で読んでいたのだろう。絢十郎の部屋に引きこもっていては、いまだに蒸し暑いのだ。その燕七のもとへ、柳造が押しかけたらしい。

「おまえの望みのもんを揃えてきてやったぞ。ありがたく思え」

「望みのもの？　俺が何かをおまえに求めたか？」

「とぼけんな。証文と帳簿だ。俺が覚えている限りの刀に関わる書類一式と、俺が八丁堀や網助絡みで仕入れた品に関するやつだ。古い順に綴《と》じてある。偽りもごまかしもねえ。俺を舐《な》めんなよ」

どさどさと重たい音を立て、柳造は風呂《ふろ》敷包《しきづつ》みを並べていく。種別にまとめて、ばらばらにならないよう、きっちり包んであるようだ。

燕七は端の包みをほどいてみて、目をしばたたいた。

「文化八年（一八一一）？　十二年も前の証文だと？」

「この年の正月に、俺は親父から証文と帳簿の読み方を教わった。そのときはちんぷんかんぷんだったがな。それでも、刀の証文だったから、興味が尽きなかった。取り扱ったその刀の名を、自分の日記にも書きつけておいた」

「これがそのときの証文なのか？」

「おうよ。それ以降に仕入れた刀は、目利きの稽古《けいこ》をさせてくれって親父に頼んで、すべて触れさせてもらった。刀の名と姿と、それを佐久良屋で仕入れた日付、親父がつけた値まで、日記に全部控えた」

「十二年ぶん、すべてそうやって記録してきた？」

「そうだ。知らなかったのかよ」

「刀に凝っていることはもちろん知っていたが、こうも整理して記録をつけていたのは知らなかった」

ふん、と柳造は鼻で笑った。

「刀の押し形の取り方も、文化八年の正月、証文や帳簿のことを教わったときに、同時に教わった。だから、この年の正月以降は、俺が取った押し形もある。押し形はすべて、親父が手掛けたものも含めて、こっちに綴じた」

「なるほど」

「しかしまあ、証文も押し形も親父の部屋で散り散りになってたんで、捜し出してまとめるのに苦労したぜ」

「ああ、親父の部屋の中の書類は、順序も項目もめちゃくちゃだからな」

「刀に関する記録は、店で控えてるのは帳簿だけだ。誰から仕入れて、いくらの値をつけて、誰に売った、それだけ。証文や売り買いに関わる手紙、押し形は、親父の部屋にすべて散らばってたぜ」

「刀は、そうだろうな。佐久良屋で商っている品のうち、伊兵衛たち番頭が取り引きに絡んだものは、蔵に証文まできっちり揃えてあるが、親父の裁量で仕入れたものはめちゃくちゃなんだ。刀や武具の類《たぐい》は全部、親父の仕事だった」

おるうは、そっと仏間に入ってみた。

柳造はおるうを鋭い目で睨んだ。が、追い払おうとはしない。先日の傷が目立つのを嫌って、柳造は手ぬぐいを頭に巻いている。それが紫色をしているので、役者が月代《さかやき》を隠すのに使う野郎帽子のようだ。

燕七は、柳造がまとめてきた証文のうち、最も古い山を手に取ってめくった。

「父さんの字だ」

「当たり前だろ。俺が自分で書いた証文は、浅草で質流れの品を仕入れるようになってからのもんばっかりだ。最初が文政四年（一八二一）九月。扱った品は、素剣と梵字《ぼんじ》が彫られた脇差《わきざし》で、国広《くにひろ》の偽銘が彫られちゃいたが、悪くない出来だった」

「よく覚えているな」

当たり前だろ、と柳造は再び言った。

「俺が扱ってきたのは、ほとんど刀だけだからな。しかも、そう多いわけでもねえ。餓鬼の頃から押し形を描いてきたんだ。俺の目利きは間違いねえぞ。我が身かわいさにおかしな値をつけたことは一度もねえ」

燕七は嘆息した。

「おまえもしつこいな。こたびのことで俺が問題だと感じたのは、人に恨まれる商いをする連中とつるんでいたという点だけで、おまえの目利きを疑ったことはない」

「あーそうかそうか、ありがとよ。とにかくだな、親父がやりっぱなしにしてため込んだ書付や証文や帳簿の整理だが、その何だ、俺が関わりのあった刀だの武具だのは全部ここにまとめてやったから、もう散らかすんじゃねえぞ」

柳造は投げつけるように言って座を立った。おるうを見下ろすと、居心地の悪そうな顔をする。どうやら、何か言いたそうでもある。

「わたくしに何か」

促してみると、柳造は舌打ちをしてから口を開いた。

「勇敢なる小鳥の乙女に、瑠璃《るり》の脇差の君か。十年も昔から佐久良屋との絡みがあって、親父も認めてた許婚《いいなずけ》だってんなら、初めからそう名乗れ。かどわかしと脇差の件は、俺もおふくろも伊兵衛も知ってらあ。燕七がすっかりのぼせ上がってたからな」

一瞬、何を言われたのか、まったくわからなかった。

燕七が弾《はじ》かれたように立ち上がる。

「り、柳造、おまえ、何を……！」

「何って、親父の部屋で刀の証文だの何だのをまとめてたときに、子供の手蹟《しゅせき》の手紙が出てきたんだ。日付を見るに九年前だ。手紙に添えられた親父の書付には、おまえがさらわれかけた件と、それを未然に防いでくれた相手への礼、当代随一の刀《かたな》鍛冶《かじ》である水心子《すいしんし》正秀《まさひで》に注文打ちしたとかいう脇差のことが書かれていた。その手紙と書付がこいつだ」

柳造は袂《たもと》からそれらを出して無造作に放った。燕七が慌てて飛びつく。

「こ、これは……」

燕七が手紙の表書きを見て、おるうを見て、途方に暮れた顔をする。

おるうには何が何だかわからない。

だが、燕七の手の中にある子供っぽい筆跡は、確かに見覚えがある。おるうは相手の名を知らなかったから、瑠璃の脇差の君、というあだ名をつけて呼んでいた。

手紙の表書きには、まさにその名があるのだ。

「なぜ、その手紙がお義父さまの部屋に？」

瑠璃の脇差の君は、おるうの初恋の人だ。佐久良屋に嫁いできた日、その初恋に別れを告げたつもりだった。

もしや。まさか。

いや、そんなに都合のいいことがあるだろうか？　ずっと会いたいと願っていた相手と、すでに巡り合っていたとでも？

燕七は押しいただくようにして手紙を開いた。その手が震えている。

「……知らない。この手紙、俺は受け取っていないぞ」

「だろうな。親父がめちゃくちゃに積み上げた雑多の書付の中に埋もれていたし、日付を見ろ」

「日付？」

「おまえが荘助から水疱《すいとう》をもらってきて、俺もうつされて、二人してさんざんな目に遭っていた頃だ。同じ時期の親父の日記に、医者がどうの、薬がどうの、拝み屋がどうのと書いてあったんで思い出した」

「ちょっと待て、おまえ、この手紙を見たのか！」

「表書きに脇差と書いてあったんだから、見るに決まってんだろ。まさか恋文だとは思わなかったがな。その手紙にある瑠璃の脇差ってのは、お転婆な嫁さんが振るってた、あの脇差のことだな。味のある絵が添えてあったんで、ぴんときた」

味のある絵、と独特な言い回しをして、柳造はおるうに、にやりと笑ってみせた。要するに、ひどく拙《つたな》い絵だとからかっているのだ。

おるうは、かっと頰が熱くなった。何か言い返してやりたい。が、憎たらしいことに、柳造の手掛けた押し形は実に見事なものばかりだ。幼い頃のものさえ、今のおるうにも真似できないほど上手に描けている。

「さて、俺は、渡すべきもんはすべて渡したからな。あばよ」

ふふんと鼻で笑って、柳造は仏間を出ていった。

おるうと燕七と、まなざしが絡み合う。おるうの胸は、すっかり高鳴っている。息が苦しいほどだ。燕七さま、と呼びかける声が震えた。

「燕七さま、あなたさまがまことに、瑠璃の脇差の君なのですか？　わたくしを小鳥の乙女と呼び、美しい瑠璃羽丸を贈ってくださったのは、燕七さまだったのですか？」

じっと見つめているうちに、燕七の頰に赤みが差していく。秀麗な顔が、今にも泣きだしそうな具合にくしゃりとなって、うつむいた。

「そのとおりです」

ささやく声はかすれていた。

おるうは思わず燕七に詰め寄った。

「なぜ初めからそうおっしゃってくださらなかったのです？　わたくしは、ずっと、瑠璃の脇差の君に、あなたさまに、お会いしとうございました」

燕七の顔をのぞき込めば、相変わらず不安げに眉《まゆ》を曇らせている。

「脇差をお贈りした後、何のお返事もいただけなかったので、嫌われてしまったかもしれないと思っていたんです。悪党に震え上がって手も足も出せなかった情けない俺のことなど、あの勇敢な乙女が相手にするはずもない、と」

「そのようなことはございませぬ。瑠璃羽丸をお贈りくださったこと、大変嬉《うれ》しゅうございました。お返事もすぐにお送りしたのです。そのお返事が、こちらの拙い手紙にございます」

「ええ……ええ、今、初めて、そのことを知りました。ちゃんと喜んでいただけていたんですね」

燕七はおずおずと微笑んだ。

おるうは、きゅっと胸が苦しくなった。

十年前には出会っていた。九年前に瑠璃羽丸と手紙を受け取って、幼心にも恋を知った。一度は捨てたつもりのその恋が、今、胸の中で再び咲いている。

「燕七さま、お慕いしておりました。その気持ちを近頃、思い出してばかりでしたが、何のことはない。わたくしはずっと、ただあなたさまだけをお慕いしていたのですね」

言葉にすれば何と平凡で、何と恥ずかしいことか。

それでも、口にせずにはいられなかった。

燕七が嘆息するように笑った。

「あなたは、昔も今も、どうしてそうも潔いのですか？　俺のほうから、きちんと申し上げたかったのに」

「きちんと？　何をおっしゃってくださるのでしょう？」

急《せ》き込んで促せば、燕七ははっきりと答えてくれた。

「お慕いしておりました、と、ずっと言いたかった。あなたに恥ずかしくない男になるため、ただそれだけのために、この十年、ずっと精進してまいりました。勇敢なる小鳥の乙女、おるうさま。あなたのことを好いております」

燕七の大きな手が、おるうの頰をそっと包む。そのぬくもりに、おるうはうっとりとした。己の手で、燕七の手に触れてみる。

「わたくしは、何と幸せ者でしょう。瑠璃の脇差《わきざし》の君、燕七さまのもとに嫁ぐことができるとは、まことに幸せにございます」

「俺のほうこそ」

見つめ合う目の奥に、どうしようもなく熱いものを見出《みいだ》した。熱いだけではなく、柔らかくて甘く、かぐわしく懐かしい。

その熱にいざなわれて、おるうは目を閉じた。燕七が息を吞《の》む気配。そして、ゆっくりと近づいてくる気配。

いつかこんな日が来ればいいのにと待ち望んでいた。

勇敢なる小鳥の乙女と呼ばれて恋を知った、夢見がちだった幼い頃も、待っていた。佐久良屋に嫁いできて、燕七の人となりに惹《ひ》かれるようになってからも、ずっと待っていた。

そして今、おるうは、苦しいほどの胸の高鳴りを聞きながら待っている。

永遠のような一瞬の後。

おるうの唇に、燕七の唇が優しく重ねられた。

本書は書き下ろしです。

日《に》本《ほん》橋《ばし》恋《こい》ぞうし(二)
瑠璃《るり》の脇差《わきざし》
馳月基矢《はせつきもとや》

令和7年 2月25日 初版発行

発行者●山下直久

発行●株式会社KADOKAWA
〒102-8177 東京都千代田区富士見2-13-3
電話 0570-002-301(ナビダイヤル)

角川文庫 24541

印刷所●株式会社暁印刷
製本所●本間製本株式会社

表紙画●和田三造

●お問い合わせ
https://www.kadokawa.co.jp/ (「お問い合わせ」へお進みください)
※内容によっては、お答えできない場合があります。
※サポートは日本国内のみとさせていただきます。
※Japanese text only

ISBN 978-4-04-113994-3 C0193

角川文庫発刊に際して

角川源義

第二次世界大戦の敗北は、軍事力の敗北であった以上に、私たちの若い文化力の敗退であった。私たちの文化が戦争に対して如何に無力であり、単なるあだ花に過ぎなかったかを、私たちは身を以て体験し痛感した。西洋近代文化の摂取にとって、明治以後八十年の歳月は決して短かすぎたとは言えない。にもかかわらず、近代文化の伝統を確立し、自由な批判と柔軟な良識に富む文化層として自らを形成することに私たちは失敗して来た。そしてこれは、各層への文化の普及滲透を任務とする出版人の責任でもあった。

一九四五年以来、私たちは再び振出しに戻り、第一歩から踏み出すことを余儀なくされた。これは大きな不幸ではあるが、反面、これまでの混沌・未熟・歪曲の中にあった我が国の文化に秩序と確たる基礎を齎らすためには絶好の機会でもある。角川書店は、このような祖国の文化的危機にあたり、微力をも顧みず再建の礎石たるべき抱負と決意とをもって出発したが、ここに創立以来の念願を果すべく角川文庫を発刊する。これまで刊行されたあらゆる全集叢書文庫類の長所と短所とを検討し、古今東西の不朽の典籍を、良心的編集のもとに、廉価に、そして書架にふさわしい美本として、多くのひとびとに提供しようとする。しかし私たちは徒らに百科全書的な知識のジレッタントを作ることを目的とせず、あくまで祖国の文化に秩序と再建への道を示し、この文庫を角川書店の栄ある事業として、今後永久に継続発展せしめ、学芸と教養との殿堂として大成せんことを期したい。多くの読書子の愛情ある忠言と支持とによって、この希望と抱負とを完遂せしめられんことを願う。

一九四九年五月三日

角川文庫ベストセラー

悪玉伝　朝井まかて

大坂商人の吉兵衛は、風雅を愛する伊達男。兄の死により、将軍・吉宗をも動かす相続争いに巻き込まれてしまう。吉兵衛は大坂商人の意地にかけ、江戸を相手の大勝負に挑む。第22回司馬遼太郎賞受賞の歴史長編。

賊将　池波正太郎

西南戦争に散った快男児〈人斬り半次郎〉こと桐野利秋を描く表題作ほか、応仁の乱に何ら力を発揮できない足利義政の苦悩を描く「応仁の乱」など、直木賞受賞直前の力作を収録した珠玉短編集。

闇の狩人（上）（下）　池波正太郎

盗賊の小頭・弥平次は、記憶喪失の浪人・谷川弥太郎を刺客から救う。時は過ぎ、江戸で弥太郎と再会した弥平次は、彼の身を案じ、失った過去を探ろうとする。しかし、二人にはさらなる刺客の魔の手が……。

忍者丹波大介　池波正太郎

関ヶ原の合戦で徳川方が勝利をおさめると、激変する時代の波のなかで、信義をモットーにしていた甲賀忍者のありかたも変質していく。丹波大介は甲賀を捨て一匹狼となり、黒い刃と闘うが……。

俠客（上）（下）　池波正太郎

江戸の人望を一身に集める長兵衛は、「町奴」として、つねに「旗本奴」との熾烈な争いの矢面に立っていた。そして、親友の旗本・水野十郎左衛門とも互いは心で通じながらも、対決を迫られることに――。

角川文庫ベストセラー